还璧记

（今译为《辛白林》）

【英】莎士比亚 著

朱生豪 译

朱尚刚 审订

中国青年出版社

献 辞

谨以此书献给

父亲朱生豪诞辰 100 周年！

——朱尚刚

本书系

朱尚刚先生推荐的

莎士比亚戏剧朱生豪原译本

目录

出版说明 / IX

《莎剧解读》序（节选）（张可、王元化）/ XII

莎氏剧集单行本序（宋清如）/ XV

剧中人物 / 1

第一幕 / 3

第一场 英国；辛白林宫中花园 / 4

第二场 同前；广场 / 14

第三场 辛白林宫中一室 / 17

第四场 罗马；菲拉利奥家中一室 / 20

第五场 英国；辛白林宫中一室 / 29

第六场 同前；宫中另一室 / 34

第二幕 / 45

第一场 英国；辛白林王宫前 / 46

第二场 卧室；一巨箱在室中一隅 / 50

第三场 与伊慕琴闺房相接之前室 /53

第四场 罗马；菲拉利奥家中一室 /62

第五场 同前；另一室 /71

第 三 幕 /73

第一场 英国；辛白林宫中大厅 /74

第二场 同前；另一室 /79

第三场 威尔斯；山野，有一岩窟 /83

第四场 密尔福特港附近 /89

第五场 辛白林宫中一室 /98

第六场 威尔斯；裴拉律斯山洞前 /107

第七场 罗马；广场 /113

第 四 幕 /114

第一场 威尔斯；裴拉律斯山洞附近森林 /115

第二场 裴拉律斯山洞之前 /117

第三场 辛白林宫中一室 /139

第四场 威尔斯；裴拉律斯山洞前 /142

第 五 幕 /145

第一场 英国；罗马军营地 /146

第二场　两军营地间的战场　/148

第三场　战场另一部分　/150

第四场　英国；牢狱　/156

第五场　辛白林营帐　/168

附录　/193

关于"原译本"的说明（朱尚刚）　/194

译者自序（朱生豪）　/197

莎士比亚戏剧朱生豪原译本
珍藏全集

　　"莎士比亚戏剧朱生豪原译本珍藏全集"丛书，其中 27 部是根据 1947 年（民国三十六年）世界书局出版、朱生豪翻译的《莎士比亚戏剧全集》（三卷本）原文，四部历史剧（《约翰王》、《理查二世的悲剧》、《亨利四世前篇》、《亨利四世后篇》）是借鉴 1954 年作家出版社出版、朱生豪翻译的《莎士比亚戏剧集》（十二），同时参考其手稿出版的。

　　朱生豪翻译莎士比亚戏剧以"保持原作之神韵"为首要宗旨。他的译作也的确实现了这个宗旨，以其流畅的译笔、华赡的文采，保持了原作的神韵，传达了莎剧的气派，被誉为翻译文学的杰作，至今仍受到读者的热烈欢迎和学界的高度评价。许渊冲曾评价说，二十世纪我国翻译界可以传世的名译有三部：朱生豪的《莎士比亚全集》、傅雷的《巴尔扎克选集》和杨必的《名利场》。

　　于是，朱生豪译本成为市场上流通最广的莎剧图书，发行量达数千万册。但鲜为人知的是，目前市场上有几十种朱译莎剧的版本，虽然都写着"朱生豪译"，但所依据的大多是人民文学出版社 1978 年的"校订本"——上世纪 60 年代初期，人民文学出版社组织一批国内一流专家对朱生豪原译本进行校订和补译，1978 年出版成"校订本"——经校订的朱译莎剧无疑是对原译本的改善，但在某种意义上来说，校订者和原译者的思维定式和语言习惯不同，因此经校订后的译文在语言风格的一致性等方面受到了影响，还有学者对某些修改之处也提出存疑，尤其是以"职业翻译家"的思维方式，去校订和补译"文学家翻译"的译本语言，不但改变了朱生豪原译之味道，也可能在一定程度上影响了莎剧"原作之神韵"的保持。

当流行的朱译莎剧都是"被校订"的朱生豪译本时，时下读者鲜知人文校订版和"朱生豪原译本"的差别，错把冯京当马凉，几乎和本色的朱生豪译作失之交臂。因此，近年来不乏有识之士呼吁：还原朱生豪原译之味道，保持莎剧原作之神韵。

中国青年出版社根据朱生豪后人朱尚刚先生推荐的原译版本，对照朱生豪翻译手稿进行审订，还原成能体现朱生豪原译风格、再现朱译莎剧文学神韵的"原译本"系列，让读者能看到一个本色的朱生豪译本（包括他的错漏之处）。

1947 年（民国三十六年），世界书局首次出版朱生豪译的《莎士比亚戏剧全集》时，曾计划先行出版"单行本"系列，朱生豪夫人宋清如女士还为此专门撰写了"单行本序"，后因直接出版了三卷本的"全集"，未出单行本而未采用。2012 年，朱生豪诞辰 100 周年之际，经朱尚刚先生授权，以宋清如"单行本序"为开篇，中国青年出版社"第一次"把朱生豪原译的 31 部莎剧都单独以"原译名"成书出版，制作成"单行本珍藏全集"。

谨以此向"译界楷模"朱生豪 100 周年诞辰献上我们的一份情意！

2012 年 8 月

《莎剧解读》序（节选）

我们在翻译中，首先碰到的问题就是评论中所引用的莎士比亚原文，究竟由我们自己翻译出来，还是借用接任已有的翻译。我们决定借用别人的译文。当时译出的莎剧已经不少，译者大多都是名家，但我们毫不迟疑地选择了朱生豪的译本。朱的译文于抗战时期在世界书局出版，装订为三厚册。他翻译此书时，年仅三十多岁。他不顾当时环境艰苦，条件简陋，以极大的毅力和热忱，完成了这项难度极高的巨大工程，真是令人可敬可服。一九五四年，人民文学出版社将它再版重印，分为十二册，文字没有作什么更动，只是将有些剧本的名字改得朴素一点。我们在翻译莎剧评论时，所援引的原著译文就是根据这一版本。当时我见到主持出版社工作的老友适夷，对他说，他办了一件好事。不料后来，出版社却把这一版本停了，改出新的版本。新版本补充了朱生豪未译的几个历史剧，而对朱译的其他各剧，则请人再据原文校改。校改者虽然大多尊重原译，但是在个别文字上也作了不少订正。从个别字汇来看，不能说这些订正不对，校改者所订正的某些字，确实比原译更确切。但从整体来看，还有原译的精神面貌问题，即传神达旨的问题必须加以考虑。拘泥原著每个字的准确性，不一定就更能传达原著的总体精神面貌。相反，有时甚至可能会损害原著的整体精神。我国古代文论中，刘勰有所谓"谨发而易貌"的说法，即是指此。这意思是说，画家倘拘泥于去画人的每根头发，反而是会使人的面貌走样。汤用彤曾说魏晋识鉴在神明。从那时起我国审美趣味十分重视传神达旨。刘知几《史通》区分了貌同心异与貌异心同两种不同的模拟，认为前者为下，后者为上，也是阐明同一道理。过去我们的翻译理论强调直译，这在一定时期（或在纠正不负责任随心所欲的意译之风时）是必要的，但如果强调过头，忽略传神达旨的重要，那也成为另一种一偏之见了。朱译在传神达旨上可以说是首屈一指的，所以我们翻译莎剧评论引用原剧文字时，仍用未经动过的朱译。我们准备这样做也得到了满涛的同意。后来他在翻译中倘遇到莎剧文字，也同样援用一九五四年出的朱译本子。直到后来，我才知道，朱生豪和我少年时代的老师任铭善先生是大学的同学而且友善，二人在校时即同组诗社唱和。有趣的是任先生学的是外文，后来却弃外文而专攻国学；而朱生豪在校时，读的是中文，后来却弃中文而投身莎士比亚的翻译。朱的译文，不仅优美流畅，而且在韵味、音调、气势、节奏种种行文微妙处，莫不令人击节赞赏，是我读到莎剧中译的最好译文，迄今尚无出其右者。

（此部分摘录自歌德等著，张可、王元化译的《莎剧解读》，经王元化家属桂碧清女士特别授权使用。）

莎氏剧集单行本序[①]

文／宋清如

盖惟意志坚强，识见卓越之士，为能刻苦淬砺，历艰难而不退，守困穷而不移，然后成其功遂其业。吾于生豪之译莎氏剧本全集，亦不得不云然。余识生豪久，知生豪深，洞悉其译莎剧之始末。且大部之成，余常侍其左右，故每念其沥尽心血，未及完工，竟以身殉，恒不自禁其哀怨之切也。

生豪秀水人，幼具异禀，早失怙恃，性情温和若女子。然意志刚强，识见卓越，平生无嗜好，洁身自爱，不屑略涉非礼，颇有伯夷之风。年十八卒业于邑之秀州中学，入杭州之江大学工国文英文两科，师友皆目为杰出之人才。卒业后于世界书局任英文编辑，每公事毕辄浏览群书，尤嗜诗歌。后乃悉心研究莎氏剧本，从事移植。尝谓莎翁著作足以冠盖千古，超越千古，而我国至今尚无全集之译本，诚足令人齿

[①] 1947年世界书局曾经考虑在出版三卷本的《莎士比亚戏剧全集》前先出系列单行本，为此宋清如女士专门拟写了序。后来世界书局没有出单行本，直接出全集了，这篇序也就没有采用。经朱尚刚先生授权，首次在珍藏版莎士比亚戏剧系列单行本上独家采用。——编者注

冷。余决勉为其难，一洗此耻。其译作之经过，略见于其自序。厥后因用心过度，精神日损而贫困日甚。译事伤其神，国事家事短其气，而孜孜矻矻工作益勤，操心益苦。不幸竟于三十三年六月肺疾加剧，委顿床席，奔走无方，医药不继，终致于十二月廿六日未时谢世，年仅三十又四①。莎剧全集尚缺五本又半，抱志未酬，哀哉痛哉！

生豪喜诗歌，早年著作均失于战火。尝自辑其旧体诗歌，釐为四卷，分歌行、漫越、长短句及译诗，而命之谓《古梦集》。新体诗则有《小溪集》、《丁香集》等。皆于中美日报馆被占时失去。今所存仅少数新诗耳。

自致力译莎工作以后，绝少写作。良以莎翁作品使之心醉神往，反觉己之粗疏浅陋，不能自惬于怀。尝拟于莎剧全集译竣而后，再译莎翁十四行诗。不意大业未就，遽而弃世。才人命蹇，诚何痛惜！生豪于中国诗人中，酷爱渊明，盖其恬淡之性，殊多同趣也。至于译笔之优劣短长，自有公论，余不欲以偏见淆其面目也。

---

① 朱生豪生于 1912 年 2 月（阴历为壬子年 12 月），1944 年 12 月去世，去世时是 32 周岁，但若按阴历虚岁计算的话，就是 34 岁。——编者注

剧中人物

辛白林——英国国王

克洛登——王后及其前夫所生之子

普修默斯·利昂那脱斯——绅士，伊慕琴之夫

裴拉律斯——被放逐的贵族，化名为摩根

基特律斯——化名为坡力陀儿 ⎫ ——辛白林之子，
阿维雷格斯——化名为凯特华尔 ⎭ 　摩根之假子

菲拉利奥——普修默斯之友 ⎫
埃契摩——菲拉利奥之友 ⎭ ——意大利人

一法国绅士——菲拉利奥之友

凯易斯·琉歇斯——罗马主将

一罗马将领

二英国将领

毕散尼奥——普修默斯之仆

考尼律斯——医生

辛白林宫庭中二贵族

同前二绅士

二狱卒

王后——辛白林之妻

伊慕琴——辛白林及其前后所生之女

海伦——侍随伊慕琴的宫女

群臣，宫女，罗马元老，护民官，一荷兰绅士，一西班牙绅士，一预言者，乐工，将校，军士，使者，及其他侍从等。

裘必脱及利昂那脱斯家族鬼魂

地点

英国，意大利

第一幕

他的灵魂是多么迟迟其行，何奈那船儿偏偏行驶得这样迅速。

第一场　英国；辛白林宫中花园

【二绅士上。

甲绅　您无论碰见什么人，总是愁眉蹙额的；我们的感情不再服从上天的意旨，虽然我们朝廷里的官儿们表面上仍旧服从着我们的国王。

乙绅　可是究竟为了什么事呀？

甲绅　他最近娶了一个寡妇做妻子，那寡妇有一个独生子，他想把他的女儿，他的王国的继承者，许嫁给他，可是他的女儿偏偏看中了一个有才的贫士。她跟她的爱人秘密结了婚；她的父亲知道了这件事情，就把她的丈夫宣布放逐，把她幽禁起来，大家弄得一场没趣，虽然我想国王心里是很受打动的。

乙绅　受打动的只有国王一个人吗？

甲绅　那失去她的人，当然也是很不高兴的；还有那个王后，她是最希望这头婚事成功的人；可是讲到朝廷里的官儿们，虽然他们在表面上顺着国王的颜色，拖长了一付哭丧的脸孔，可是心里头他们没有一个不是欢欢喜喜的。

乙绅　为什么？

甲绅　那失去这公主的人，是一个丑恶得无可形容的东西；那
　　　得到她的人，我的意思是说因为和她结了婚而被放逐
　　　的那个，唉，好汉子！他才是一个人物，走遍世界也
　　　找不到一个可以和他相比的人。像这样才貌双全的青
　　　年，我想除了他以外是再也没有第二个的了。

乙绅　您把他说得太好了。

甲绅　我并没有把他揄扬过分，先生，我的赞美并不能充
　　　分表现他的长处。

乙绅　他叫什么名字？他的出身怎样？

甲绅　我不能追溯到他的先世。他的父亲名叫西昔律斯，曾
　　　经随同凯昔皮兰向罗马人作战，可是他的封号是在
　　　德南歇斯手里得到的，因为卓著勋勤的缘故，赐姓
　　　为利昂那脱斯；除了我们现在所讲起的这位公子以
　　　外，他还有两个儿子，都因为参加当时的战役，喋
　　　血身亡，那年老的父亲痛子情深，也跟着一命呜呼；
　　　那时候我们这位公子还在他母亲的腹内，等到他呱
　　　呱堕地，他的母亲也死了。我们现在这位国王把这

婴孩收养宫中，替他取名为普修默斯·利昂那脱斯，把他抚育成人，使他受到当时最完备的教育；他接受学问的熏陶，就像我们呼吸空气一样，俯仰之间，皆成心得，在他生命的青春，已经得到了丰富的收获。他住在宫庭之内，成为最受人赞美敬爱的人物，这样的先例是很少见的：对于少年人，他是一个良好的模范；对于涉世已深之辈，他是一面可资取法的明镜；对于老成之士，他是一个后生可畏的小子。对于他的爱人，他是为了她的缘故才被放逐的，那么她本身的价值，就可以表示她是怎样重视他和他的才德；从她的选择上，我们可以真实地明了他是一个怎么样的人。

乙绅　听了您这一番话，已经使我不能不对他肃然起敬。可是请你告诉我，她是国王唯一的孩子吗？

甲绅　他的唯一的孩子。他曾经有过两个儿子，——您要是不嫌我提起这些古话，那么请听好了，——大的在三岁的时候，小的还在襁褓之中，就从他们的育儿室里给人偷了去，直到现在还猜不到他们的下落。

乙绅　这件事情发生得多久了？

甲绅　　约摸是二十年前的事。

乙绅　　一个国王的儿子会给人这样偷走，看守的人会这样
　　　　疏忽，搜访的工作会这样缓怠，竟至于查不出他们
　　　　的踪迹，真是怪事！

甲绅　　怪事固然是怪事，那当事者的疏忽，也着实可笑，然
　　　　而这是一件确实的事呢，先生。

乙绅　　我很相信您的话。

甲绅　　我们必须避一避。那公子，王后，和公主都来了。（二
　　　　人同下）

【王后，普修默斯，及伊慕琴上。

后　　　不，女儿，你尽可以放心，我决不会像一般人嘴里
　　　　所说的后母那样嫉视你；你是我的囚犯，可是你的
　　　　狱吏将要把那禁锢你的钥匙交在你的手里。至于你，
　　　　普修默斯，只要我能够挽回那恼怒的国王的心，我
　　　　一定会替你说话的；不过现在他在盛怒之下，你是
　　　　一个聪明人，还是安心忍耐，暂时接受他的判决吧。

普　　　禀娘娘，我今天就要离开这里。

后 你知道逗留不去的危险。现在我就在园子里绕一个圈子，让你们叙叙离别的情悰，虽然王上是有命令禁止你们在一起说话。（下）

伊 啊，虚伪的殷勤！这恶妇伤害了人，还会替人爬搔伤口。我的最亲爱的丈夫，我有些害怕我父亲的愤怒；可是我的神圣的责任重于一切，我不怕他的愤怒会把我怎样。你必须去；我将要在这儿忍受着每一小时的怒眼的扫射；失去了生存的乐趣，我的唯一的安慰，只是在这世上还有一个我所宝爱的你，天可怜见我们还有会面的一天。

普 我的女王！我的情人！啊，亲爱的，不要哭了吧，否则人家将要以为我是一个没有男子气的懦夫了。我将要信守我的盟誓，永远做一个世间最忠实的丈夫。我到了罗马以后，就住在一个名叫菲拉利奥的人的家里，他是我父亲的朋友，对我还不过是书面上的相识；你可以写信到那边去，我的女王，我将要用我的眼睛喝下你所写的每一个字，即使那墨水是用最苦的胆汁做成的。

【王后重上。

后　请你们赶快一些；要是王上来了，我不知道他要对
我怎样生气哩。（旁白）可是我要骗他到这儿来。
我没有对他不起，是他自己把我的恶意当作了好心，
为了我所干的坏事，甘愿付出重大的代价。（下）

普　要是我们用毕生的时间诀别，那也不过格外增加我
们离别的痛苦。再会吧！

伊　不，再等一会儿；即使你现在不过是骑马出游，这
样的分手也是太轻率了。瞧，爱人，这一颗钻石是
我母亲的；拿着吧，心肝；好好保存着它，直到伊
慕琴死后，你向另一个妻子求婚的时候吧。

普　怎么！怎么！另一个？仁慈的天神啊，我只要你们
把这一个给我，要是另结新欢，愿你们用死亡的铁
索加在我的身上！（套上戒指）当我还有知觉的时
候，你继续留在这儿吧！最温柔的，最美丽的人儿，
正像我用寒伧的自己交换了你，使你蒙受无限的损
失一样，在我们小物件的交换上，我也要占到你的
便宜：为了我的缘故，把这个带上了吧；它是爱情
的手铐，我要把它套在这一个最美貌的囚人的臂上。

（以手镯套伊慕琴臂上）

伊　　神啊！我们什么时候再相见呢？

【辛白林及群臣上。

普　　唉！国王来了！

辛　　你这下贱的东西，滚出去！走开，不要让我看见你
　　　的脸！这是最后的命令，要是以后你再敢把你这下
　　　贱的身体混进我们的宫庭，你可休想活命。去！你
　　　是败坏我的血液的毒药。

普　　愿天神们护佑你，祝福宫庭里一切善良的人们！我
　　　去了。（下）

伊　　死亡的痛苦也不会比这更使人难受。

辛　　啊，不孝的东西！你本该安慰我的晚景，使我回复
　　　青春；可是你却偏偏干出这种事来，加老我的年龄。

伊　　父亲，请您不要气恼坏了自己的身体。对于您的愤
　　　怒，我是完全漠然的；一种更希有的感情征服了一
　　　切的痛苦，一切的恐惧。

辛　　羞耻也可以不顾，服从父母的道理也可以不讲了吗？

伊　　一切希望都消沉了，还有什么羞耻？

辛　　放着我的王后的独生子不要！

伊　　啊，我好有幸没有成为他的妻子！我选中了一头神
　　　鹰，避开了一头鹞子。

辛　　你选中了一个叫化子；你要让卑贱之人占据我的王座。

伊　　不，我要使它格外增加光彩。

辛　　啊，你这可恶的东西！

伊　　父亲，都是您的错处，我才会爱上了普修默斯；您
　　　把他抚养长大，叫他做我的游侣；他是一个配得上
　　　无论那个女子的男人，我把整个身心给了他，还抵
　　　不上他付给我的他自身的价值。

辛　　吓！你疯了吗？

伊　　差不多疯了，父亲；愿上天恢复我的理智！我希望
　　　我是一个牧牛人的女儿，我的利昂那脱斯是我们邻
　　　家牧羊人的儿子！

辛　　你这傻瓜！

　　【王后重上。

辛　　他们又在一起了；你没有照我的命令办。把她带去
　　　关起来。

后　　请您不要恼得这个样子。别吵了，我的好小姐，别
　　　吵了！亲爱的王上，让我们在这儿谈谈，您去找些
　　　什么消遣，解解您的怒气好不好？

辛　　哼，让她每天失去一滴血；让她未老先衰，为了这
　　　一件蠢事而死去了吧！（辛及群臣下）

后　　嗳哟！你也该让让他才是。

　　　【毕散尼奥上。

后　　你的仆人来了。喂，朋友！什么消息？

毕　　您的公子爷刚才向我家主人挑战。

后　　吓！我想没有闹出什么乱子来吧？

毕　　倘不是我家主人抑住怒气，只跟他敷衍两手，一场
　　　恶战是免不了的；后来他们总算被两旁的绅士们劝
　　　解开了。

后　　谢天谢地。

伊　　你的儿子是我的父亲所中意的人，他也站在他的一

方面，向一个被放逐的人挑战！啊，好一位英雄！我希望他们两人都在非洲，我自己拿着一枚针站在旁边，谁要是先追下去的，我就用针去刺他。为什么你不跟你的主人在一起？到这儿来有什么事？

毕　　这是他的命令。他不许我把他送到港口；留下这一张字条，叫我留在这儿伺候您，无论什么时候，您假如有事使唤我，都请吩咐我就是了。

后　　这人一向是你们的忠仆；我敢用我的名誉打赌，他一定会继续忠实于你们的。

毕　　多谢娘娘褒奖。

后　　来，我们散步一会儿吧。

伊　　（向毕）大约半点钟以后，请你再来见我。你至少应该去送我的丈夫上船。现在你去吧。（各下）

第二场 同前；广场

【克洛登及二贵族上。

贵族甲 殿下，我要劝您换一件衬衫；您用力太猛了，瞧您身上这一股热腾腾的汗气，活像献祭的牛羊一般。一口气出来，一口气进去，像您老兄嘴里吐出来的，才真是天地间浩然的正气。

克 要是我的衬衫上染着血迹，那倒非换不可。我有没有伤了他？

贵族乙 （*旁白*）天地良心，没有；你不过伤了他的忍耐心。

贵族甲 伤了他！要是他没有受伤，除非他的身体是一具洞穿的尸骸，是一条可以让刀剑自由通过的大道。

贵族乙 （*旁白*）他的剑大概欠了人家的债，所以放着大路不走，偷偷地溜到衙堂背后去了。

克 这混蛋不敢跟我抵敌。

贵族乙 （*旁白*）不；可是他一看见你，就向你的脸前逃了上来。

贵族甲　　跟您抵敌！您占据的地面，他不但不敢侵犯，并且连他自己脚下的地面也要让给您哩。

贵族乙　　（旁白）你有多少的海洋，他也会让给你多少时的地面。摇头摆尾的狗子们！

克　　　我希望他们不要来解劝我们。

贵族乙　　（旁白）我也是这样希望，好让你量量你在地上是一个多少长的蠢才。

克　　　她居然会拒绝了我去爱这个家伙！

贵族乙　　（旁白）假如确当的选择是一种罪恶，那么她的确是罪无可逭的。

贵族甲　　殿下，我早就屡次对您说过了，她的美貌和她的头脑是并不一致的；她是一个美好的外形，可是我看不出有什么智慧的反映。

贵族乙　　（旁白）她的智慧是不会照射到愚人身上的，因为恐怕那反光会伤害了她。

克　　　来，我要回家去了。要是让他多受一些伤就好了！

贵族乙　　（旁白）我倒不希望这样；除非让一头驴子倒在地上，那是算不了什么损伤的。

克　　　你们愿意跟我走吗？

贵族甲　　我愿意奉陪殿下。

克　　那么来，我们一块儿去吧。

贵族乙　　很好，殿下。（同下）

第三场　辛白林宫中一室

【伊慕琴及毕散尼奥上。

伊　　我希望你的身体牢附在港岸之上，探询每一艘经过
　　　的船只。要是他写信给我，而我却不能收到，那就
　　　是一封遗失的音书，正像一片好心被人薮视一样。
　　　他最后对你说的是些什么话？

毕　　他说的是，"我的女王，我的女王！"

伊　　于是挥动他的手帕吗？

毕　　是，他还吻着它哩，公主。

伊　　没有知觉的布片，你还比我幸福一些！这样就完了吗？

毕　　不，公主；当我这双眼睛和耳朵还能够从人丛之中
　　　分辨出他来的时候，他始终站在甲板之上，不断地
　　　挥着他的手套，帽子，或是手帕，表示他的内心的
　　　冲动，好像在说，他的灵魂是多么迟迟其行，何奈
　　　那船儿偏偏行驶得这样迅速。

伊　　你应该一眼不霎地望着他，直到他只有乌鸦那么大

小，或者比乌鸦还要小一点儿，方才回过头来才是。

毕　公主，我正是这样望着他的。

伊　为了瞭望他的缘故，我甘心望穿我的眼睛，直到辽邈的空间把他缩小得像一枚针尖一样；我要继续用我的眼光追随他，让他从蚊蚋般的微细以至于完全消失在空气中为止，那时候我就要转过我的眼睛来流泪。可是，好毕散尼奥，我们什么时候再可以听到他的消息呢？

毕　不必担心，公主，他一有机会，就会写信来的。

伊　我并没有和他道别，我还有许多最可爱的话儿要向他说；我想告诉他，我要在那几个时辰怎样怎样想念他；我想叫他发誓不要让意大利的姑娘们侵害了我的权利和他的荣誉；我还想和他约定，在早晨六点钟，正午，和半夜的时候，彼此用祈祷作精神上的会聚，那时候我会在天堂里等候着他甚至于我还来不及给他那临别的一吻，那是我特意安插在两句迷人的话儿的中间的，我的父亲就走了进来，像一阵蛮横的北风一样，摧残了我们的心花意蕊。

【一宫女上。

宫女　公主，娘娘请您过去。

伊　我叫你干的事，你快去给我办好。现在我要见王后去了。

毕　公主，我一定给您办好。（同下）

第四场 罗马；菲拉利奥家中一室

【菲拉利奥，埃契摩，一法国人，一荷兰人，及一
西班牙人同上。

埃　　相信我，先生，我曾经在英国见过他；那时他还是
初露头角，人家对他怀着极大的期望；可是即使他
的身旁高揭着他的才能的清单，可以让我逐条诵读，
我还是可以用毫不惊奇的眼光望着他。

菲　　您看见他的时候，他还只是一个才识未充的青年，比
起现在来，无论在仪表或是学问方面，都要相差得
远哩。

法人　　我曾经在法国见过他；在我们国里，能够望着太阳
不霎眼睛的人多着呢。

埃　　我相信他这次和他的国王的女儿结婚，一定使他在
众人口中成为格外了不得的人物；他是借着公主的
身价，提高自己的地位的。

法人　　他的放逐也是使他受人同情的原因。

埃   嗯，还有那些悲伤他们好好的姻缘活生生拆散的人，

为了证实她的选中一个一无足取的穷鬼并不是错误

起见，也都把他拼命吹捧。可是他怎么会到您府上

作起寓公来？你们是怎么相识的？

菲   他的父亲跟我曾经一起上过战场，我好多次受过他

的救命之恩。这位英国人来了；让他在你们中间按

照像他那样一位异国人的身分，享受他所应得的礼

遇吧。

【普修默斯上。

菲   各位先生，让我介绍这位绅士给你们认识认识，他

是我的一个尊贵的朋友；我不必当面吹嘘他的好处，

因为你们不久就会知道他的价值的。

法人   先生，我们曾经在奥棱斯作过相识。

普   正是，您的盛情厚意，我还不知道几时能够报答呢。

法人   先生，区区小节，何必这样言重？我很高兴总算替

您和我的同国之人尽了一分和解的责任；要是为了

这样一个琐细的问题，大家拼起你死我活来，那才不值得呢！

普 请您原谅，先生，那时我不过是一个年轻识浅的旅行者，不肯接受人家的教诲，更不愿让别人的经验指导我的行动；可是，您要是不见怪的话，我在仔细考虑之下，仍然觉得我那一次争吵的意义是并不琐细的。

法人 不错，两个人闹到了必须用武力解决争端的地步，结果倘不是一死一生，就是两败俱伤，这样的事情当然是很严重的。

埃 不怪我们失礼的话，可不可以让我们请问请问这次争吵是怎样发生的？

法人 我想不妨。这是一场众目共睹的争吵，说出来也没有什么关系。它的起因完全像我们昨天晚上的辩论一样，各人赞美着自己国里的情人；这位绅士在那时一口咬定，并且不惜用流血证明，他的爱人比我们法国无论那一个最希有的女郎更美丽，贤淑，聪明，贞洁，忠心，富于才能而不可侵犯。

埃 那位小姐大概已经不在人世，否则这位先生的意见到现在也总改变过来了。

普 她仍旧保持着她的美德，我也没有改变我的意见。

埃 您不能说她比我们意大利的姑娘们更好。

普 我已经在法国受到过这样的挑激，为了维护她的荣誉，我是决不退步的，虽然我承认我只是她的崇拜者，不是她的朋友。

埃 人家往往把美善二字相提并论，可是在你们英国的女郎中间，却还没有一个当得起既美且善的赞誉。要是她果然胜过我所看见过的其他女郎，正像您这颗钻石的光彩胜过我所看见过的许多钻石一样，那么我当然不能不相信她是个越群绝伦的女郎；可是我还没见过世上最珍贵的钻石，您也没有见过世上最美好的女郎。

普 我按照我对她的估价赞美她；对我的钻石也是一样。

埃 您把它估价多少？

普 胜过全世界所有的一切。

埃 那么您那无比的情人一定早已死了，否则她的价值还及不上一颗小小的石子。

普 您错了。钻石是可以买卖授受的东西，谁愿意出重大的代价，就可以把它收买了去；为了报恩酬德的缘故，它也可以做送人的礼物。可是美人却不是市场上的商品，那是天神们的恩赐。

埃　　天神们已经把这样的恩赐赏给您了吗？

普　　是的，仰仗神恩，我要把它永远保存起来。

埃　　您可以在名义上把她据为己有，可是，您知道，有些鸟儿是专爱栖在邻家的池子上的。您的戒指也许会给人偷去；您那无价之宝的美人也难保不会被人染指；戒指固然是容易丢失的东西，女人的轻薄的天性，又有谁能捉摸？一个狡猾的偷儿，或者一个风雅的朝士，就可以把这两件东西一起拐到手里。

普　　你把轻薄的头衔加在我的爱人的头上，可是在你们意大利贵国之中，还没有那一个风雅的朝士可以使她受到他的诱惑。我很相信你们这儿有很多的偷儿，可是我却不怕我的戒指会给人偷走。

菲　　让我们就在这儿告一段落吧，两位先生。

普　　先生，我很愿意。我谢谢这位可尊敬的先生，他不把我当作陌生人看待；我们一开始就相熟了。

埃　　要是我有机会能够直接看见她，跟她攀起交情来，

　　　只消五次这样的谈话，准可以在您那美丽的爱人心
　　　头占到一个地位，甚至于可以叫她随意听我的摆布。

普　　不，不。

埃　　我敢把我家产的一半打赌您的戒指，我相信那价值
　　　是不会在它之下的；可是我打赌的动机，只是要打
　　　破您的自信，并没有存心毁坏她的名誉的意思；为
　　　了免除您的误会起见，我可以向世上无论那一个女
　　　郎作同样的尝试。

普　　像你这样狂言无惮，简直是自欺欺人；我相信你一
　　　定会受到你的尝试的应得的结果。

埃　　什么结果？

普　　一顿拒斥；虽然像你所说的那种尝试，是应该痛痛
　　　儿受一顿惩罚的。

菲　　两位先生，够了；这场争吵本来是凭空而来，现在
　　　仍旧让它凭空而去吧。请你们瞧在我脸上，大家交
　　　个朋友好不好？

埃　　我恨不得把我跟我邻人的家产一起拿出来，证明我
　　　刚才所说的话。

普　　你要向那一个女郎进攻？

埃　你的爱人，你以为她的忠心是绝对不会动摇的。我愿意用一万块金洋打赌你的戒指，只要你把我介绍到她的宫廷里去，让我有两次跟她见面的机会，我就可以把你所想像为万无一失的她的贞操掠夺而归。

普　我愿意用金钱打赌你的金钱；我把我的戒指看得跟我的手指同样宝贵；它是我的手指的一部分。

埃　你在害怕了，这倒是你的聪明之处。要是你出了一百万块钱买一钱女人的肉，你也不能把它保藏得不会腐坏。可是我看你究竟是一个信奉上帝的人，你心里还有几分畏惧。

普　这是你口头上轻薄的习惯；我希望你的话不是说着玩儿的。

埃　我的话我自己负责，我发誓我要是说到那儿，一定做到那儿。

普　真的吗？我就把我的戒指暂时借给你，等你回来再说。让我们订下契约。我的爱人的贤德，决不是你那卑劣的思想所能企及的；我倒要看看你有几分技俩，胆敢夸这样的口。这儿是我的戒指。

菲　我不赞成你们打赌。

埃　　凭着天神起誓，那都是一样。要是我不能给你充分
　　　的证据，证明我已经享受到你爱人身上最宝贵的一
　　　部分，我的一万块金洋就是属于你的；要是我去了
　　　回来，她的贞操依旧完整无缺，那么她和这一个戒
　　　指，你的两件心爱的宝贝，连带着我的金钱，一起
　　　都是你的；我的唯一的条件，就是你必须给我介绍
　　　的函件，让我可以在她那里得到自由交谈的方便。

普　　我接受这些条件；让我们把约款写下来吧。不过你
　　　必须对我负这样的责任：要是你征服了她的肉体，
　　　直接向我证明你已经达到目的，我就不再是你的敌
　　　人，她是不值得我们挂齿的；要是她始终不受诱惑，
　　　你也不能提出她的失贞的证据，那么为了你的邪恶
　　　的居心，为了你破坏她的贞操的企图，你必须用你
　　　的剑给我一个满意的答复。

埃　　把你的手给我；我们就是这样约定了。我们要依照
　　　合法的手续，把这些条件记下，然后我就立刻动身
　　　到英国去，免得这一注交易冷搁下来。现在我就去
　　　拿我的金钱，把我们两方面的赌注分别记载清楚。

普　　很好。（普、埃同下）

法人　　您看他们的打赌不会是开顽笑吧？

菲　　　埃契摩先生是决不会放弃他的见解的。各位，让我

　　　　　们跟上他们去吧。（同下）

第五场　英国；辛白林宫中一室

【王后，众宫女，及考尼律斯上。

后　　趁着地上还有露水的时候，把那些花采下来吧；赶快一些。那张花名的单子在什么人手里？

宫女甲　　在我这儿，娘娘。

后　　快去。（众宫女下）现在，医士先生，你有没有把那药儿带来？

考　　禀娘娘，我带来了；这儿就是，娘娘。（以小匣呈后）可是请娘娘不要见怪，我的良心叫我向您请问一声，为什么您要我带给您这种其毒无比的药物，它的药性虽然缓慢，可是人服了下去，就会逐渐衰弱而死，再没有医治的。

后　　我很奇怪，医生，你会问我这样一个问题。我不是已经做了你的学生好久了吗？你不是已经把制造香料，酿酒，蜜饯的方法都教给我了吗？喽，就是我们那位王上爷爷他也老是嬲着我要我把我的方剂告诉他知道哩。倘然你并不以为我是一个居心险恶的人，那么我已经学到了这一步，难道不应该再在其他的方面充实我的知识吗？我要在那些不值得用绳子勒死的畜类身上试一试你这种药品的力量，——当然我不会把它用到人身上的，——看看有没有方法可以减轻它的药性，从实际的试验上探求它的功效和作用。

考　　娘娘，这种试验的结果，不过使您的心肠变硬；而且中毒的动物不但恶臭异常，而且容易把疫气传染到人们身上。

后　　啊！你不要管。

【毕散尼奥上。

后　　（旁白）这儿来了一个胁肩谄笑的奴才；我要在他身上开始我的实验；他为他的主人尽力，是我的儿子的仇敌。——啊，毕散尼奥！医生，现在你没有别的事了，请便吧。

考　　（旁白）我疑心你不怀好意，娘娘；可是你的药是害不了人的。

后　　（向毕）听着，我有话对你说。

考　　（旁白）我不欢喜她。她以为她手里有的是慢性的
　　　毒药；可是我知道她的性情，怎么也不会把这种危
　　　险的药物给她拿去害人的。我刚才给她的那种药，
　　　可以使感觉暂时麻木昏迷；也许她最初在猫狗身上
　　　试验，然后再实行进一步的计划；可是虽然它会使
　　　人陷于死亡的状态，其实并无危险，不过暂时把精
　　　神封锁起来。一到清醒以后，反而比原来格外精力
　　　饱满。她不知道我已经用假药骗她上了当；可是我
　　　要是不骗她，我自己也就成了奸党了。

后　　没有别的事了，医生，有事再来请你吧。

考　　那么我告别了。（下）

后　　你说她还在哭吗？你看她会不会慢慢儿把她的悲伤
　　　冷淡下来，觉悟她现在的愚蠢，愿意接受人家的劝
　　　告？你也应该好好劝劝她；要是你能够说得她回心
　　　转意，爱上我的儿子，那么你一告诉我这个消息，
　　　我就可以当场向你宣布你的地位已经跟你的主人一
　　　样；不，比你的主人更高，因为他的命运已经达于
　　　绝境，他的名誉也已经奄奄垂毙；他不能回来，也

不能继续住在他现在所住的地方；转换他的环境不过使他从这一种困苦转换到那一种困苦，每一个新的日子的到来，不过摧毁了他又一天的希望。你倚靠着一件不能独立的东西，既不能重新改造，又没有一个可以支持他的朋友，你还指望些什么？（故意将小匣跌落地上，毕趋前拾起）你不知道你所拾起的是件什么东西；可是既然劳你拾了起来，你就拿了去吧。这是我亲手调制的药剂，它曾经五次救活王上的生命；我不知道还有什么比它更灵验的妙药。不，你尽管拿着吧；这不过是表示我对你的好意的信物，以后我还要给你更多的好处哩。告诉你的公主她现在处在什么情形之下；用你自己的口气对她说话。想一想你现在换了个主儿，是一个多么难得的机会；一方面你并没有失去你的公主的欢心，一方面我的儿子还要另眼看待你。你要怎样的富贵功名，我都可以在王上面前替你竭力运动；我自己是一手提拔你的人，当然会格外厚待你的。叫我的侍女们来；想一想我的话吧。（毕下）一个狡猾而忠心的奴才，谁也不能动摇他的心；他是他的主人的代表，他的使命就是要随时提醒她坚守她对她丈夫的盟约。我已经把那毒药给了他，他要是服了下去，就再也没有人替她向她的爱人传递消息了。假如她一味固执，不知悔改，少不得也要叫她尝尝滋味。

【毕散尼奥及宫女等重上。

后　　好，好；很好，很好。紫罗兰，莲香花，樱草花，都给我拿到我的房间里去。再会，毕散尼奥；想一想我的话吧。（后及宫女等同下）

毕　　是的，我要想一想你的话。可是我宁愿勒死我自已，要是我会不忠于我的主人；这就是我将要替你做的事情。（下）

第六场　同前；宫中另一室

【伊慕琴上。

伊　　一个凶狠的父亲，一个奸诈的后母，一个向有夫之
　　　妇纠缠不清的愚蠢的求婚者，她的丈夫是被放逐了
　　　的。啊！丈夫，我的悲哀的顶点！还有那些不断的
　　　烦扰！要是我也像我的两个哥哥一般被窃贼偷走，
　　　那该是多么快乐！可是最不幸的是那抱着正大的希
　　　望而不能达到心愿的人；那些虽然贫苦，却有充分
　　　的自由实现他们诚实的意志的人们是有福的。嗳
　　　哟！这是什么人？

【毕散尼奥及埃契摩上。

毕　　公主，一位从罗马来的尊贵的绅士，替我的主人带
　　　信来了。

埃　　您的脸色变了吗，公主？尊贵的利昂那脱斯平安无
　　　恙，向您致最亲切的问候。（呈上书信）

伊　　　谢谢，好先生；欢迎您到这儿来。

埃　　　（旁白）她的外表的一切是无比富艳的！要是她再
　　　　有一副同样高贵的心灵，她就是世间唯一的凰鸟，
　　　　我的东道也活该输去了。愿勇气帮助我！让我从头
　　　　到脚，充满了无忌惮的孟浪！

伊　　　"埃契摩君为此间最有声望之人，其热肠厚谊，为
　　　　仆所铭感不忘者，愿卿以礼相待，幸甚幸甚。

　　　　　　　　　　　　　　利昂那脱斯手启。"

　　　　我不过念了这么一段；可是这信里其余的话儿，已
　　　　经使我心坎儿里都充满了温暖和感激。可尊敬的先
　　　　生，我要用一切可能的字句欢迎你；你将要发现在
　　　　我微弱的力量所能做到的范围以内，你是我的无上
　　　　的佳宾。

埃　　　谢谢，最美丽的女郎。唉！男人都是疯子吗？造化
　　　　给了他们一双眼睛，让他们看见穹窿的天宇，和海
　　　　中陆上丰富的出产，使他们能够辨别太空中的星球
　　　　和海滩上的砂砾，可是我们却不能用这样宝贵的视
　　　　力去分别美恶吗？

伊　　　您为什么有这番感慨？

埃　那不会是眼睛上的错误，因为在这样两个女人之间，即使猴子也会向这一个饶舌献媚，而向那一个扮鬼脸揶揄的；也不会是判断上的错误，因为即使让白痴做起评判员来，他的判断也决不会颠倒是非；更不会是各人嗜好不同的问题，因为当着整洁曼妙的美人之前，蓬头垢面的懒妇是只会使人胸中作恶，绝对没有迷人的魅力的。

伊　您究竟在说些什么？

埃　日久生厌的意志，那饱餍粱肉而未知满足的欲望，正像一面灌下一面漏出的水盆一样，在大嚼肥美的羔羊以后，却想慕着肉骨菜屑的异味。

伊　好先生，您在那儿唧唧咕咕地说些什么？您没有病吧？

埃　谢谢，公主，我很好。（向毕）大哥，劳驾你去望望我的仆人；他是个脾气十分古怪的家伙。

毕　先生，我本来要去招待招待他哩。（下）

伊　请问我的丈夫身体一直很好吗？

埃　很好，公主。

伊　他在那边快乐吗？我希望他是的。

埃　　　非常快乐；没有一个异邦人比他更会寻欢作乐了。

　　　　他是被称为不列颠的风流浪子的。

伊　　　当他在这儿的时候，他总是郁郁寡欢，而且往往不

　　　　知道为了什么原因。

埃　　　我从来没有见他皱过眉头。跟他同伴的有一个法国

　　　　人，也是一个很有名望的绅士，他在本国爱上了一

　　　　个伽利丝的姑娘，看样子他是非常热恋她的；每次

　　　　他长吁短叹的时候，我们这位快乐的英国人，——

　　　　我的意思是说尊夫，——就要呵呵大笑，嚷着说，

　　　　"嗳哟！我的肚子都要笑破了。你也算是个男人，

　　　　难道你不会从历史上，传说上，或是自己的经验上，

　　　　明了女人是怎样一种东西，她们天生就的性质，是

　　　　自己也作不了主的？难道你还会把你自由自在的光

　　　　阴在忧思憔悴中间消磨过去，甘心把桎梏套在自己

　　　　的头上？"

伊　　　我的主会说这样的话吗？

埃　　　噢，公主，他笑得眼泪都滚了出来呢；站在旁边，

　　　　听他把那法国人取笑，才真是怪有趣的。可是，天

　　　　知道，有些男人是很不应该的。

伊　　不是他吧，我希望？

埃　　不是他；可是上天给他的恩惠，他也该知道些感激
　　　才是。在他自己这边说起来，他是个得天独厚的人；
　　　在您这边说起来，那么我一方面固然只有惊奇赞叹，
　　　一方面却不能不感到怜悯。

伊　　您怜悯些什么，先生？

埃　　我从心底里怜悯两个人。

伊　　我也是一个吗，先生？请您瞧着我；您在我身上看
　　　出了什么残缺的地方，才会引起您的怜悯？

埃　　可叹！哼！避开了光明的太阳，却在狱室之中去和
　　　一盏漆灯相伴！

伊　　先生，请您明白一点回答我的问话。您为什么怜
　　　悯我？

埃　　我刚才正要说，别人享受着您的——可是这应该让
　　　天神们来执行公正的审判，轮不到我这样的人说话。

伊　　您好像知道一些我自己身上的或者有关于我的事
　　　情。一个人要是确实知道发生了什么变故，那倒还
　　　没有什么，只有在提心吊胆，怕有什么变故发生的
　　　时候，才是最难受的；因为已成确定的事实，不是

毫无挽回的余地，就是可以及早设法，筹谋补救的方策。所以请您不要再吞吞吐吐的，把您所知道的一切告诉了我吧。

埃　　要是我能够在这天仙似的脸上沐浴我的嘴唇；要是我能够抚摩这可爱的纤手，它的每一下接触，都会使人从灵魂里激发出忠诚的盟誓；要是我能够占有这美妙的影像，使我狂热的眼睛永远成为它的俘虏；要是我在享受这样无上的温馨以后，还会去和那些像罗马圣殿前受过无数人践踏的石阶一般下贱的嘴唇交换唾液，还会去握那些因为每小时干着骗人的工作而变成坚硬的手，还会去向那些像用污臭的脂油点燃着的冒烟的灯火似的眼睛挑逗风情，那么地狱里的一切苦难应该同时加在我的身上，谴责我的叛变的。

伊　　我怕我的主已经忘记英国了。

埃　　他也已经忘记了他自己。不是我喜欢搬弄是非，有心宣布他这种生活上可耻的变化，却是您的温柔和美貌激动了我的沉默的良心，引诱我的嘴唇说出这些话来。

伊　我不要再听下去了。

埃　啊，最亲爱的人儿！您的境遇激起我深心的怜悯，使我感到莫大的苦痛。一个这样美貌的女郎，在无论那一个王国里，她都可以使最伟大的君王增加一倍的光荣，现在却被人下侪于搔首弄姿的娼妓，那买笑之资，就是从您的银箱里拿出来的！那些身染恶疾，玩弄着世人的弱点，达到猎取金钱的目的的荡妇！那些污秽糜烂，比毒药更毒的东西！您必须报复；否则那生养您的母亲不是一个堂堂的王后，您也就是自绝于您的伟大的祖先。

伊　报复！我应该怎样报复？假如这是真的，—— 我的心还不能在仓卒之间轻信我的耳朵所听到的说话，——假如这是真的，我应该怎样报复？

埃　您应该容忍他让您像尼姑一般，度着枕冷衾寒的生活，他自己却一点不顾您的恩情，把您的钱囊供他挥霍，和那些荡妇淫娃们恣意取乐吗？报复吧！我愿意把我自己的一身满足您的需要，在身分和地位上，我都比您那位负心的汉子胜过许多，而且我将要继续忠实于您的爱情，永远不会变心。

伊 　喂，毕散尼奥！

埃 　让我在您的唇上致献我的敬礼吧。

伊 　去！我恼恨自己的耳朵不该听你说了这么久的话。假
　　如你是个正人君子，你应该抱着一片好意告诉我这
　　样的消息，不该存着这样卑劣荒谬的居心。你侮辱
　　了一位绅士，他决不会像你所说的那种样子，正像
　　你是个寡廉鲜耻的小人，不知荣誉为何物一样；你
　　还胆敢在这儿向一个女子调情，在她的心目之中，
　　你是和魔鬼同样可憎的。喂，毕散尼奥！我的父王
　　将要知道你这种放肆的行为；要是他认为一个无礼
　　的外邦人可以把他的宫庭当作一所罗马的妓院，当
　　着我的面前宣说他的禽兽般的思想，那么除非他一
　　点不重视他的宫庭的庄严，全然把他的女儿当作一
　　个漠不相关的人物。喂，毕散尼奥！

埃 　啊，幸福的利昂那脱斯！我可以说：你的夫人对于
　　你的信仰，不枉了你的属望，你的完善的德性，也
　　不枉了她的诚信。愿你们长享着幸福的生涯！他是
　　世间最高贵的绅士；也只有最高贵的人，才配得上
　　您这样一位无比的女郎。原谅我吧。我刚才说那样

的话，不过为要知道您的信任是不是根深蒂固；我还要把尊夫实际的情形重新告诉您知道。他是一个最有教养最有礼貌的人；在他高尚的品性之中，有一种吸引他人的魔力，使每一个人都乐于和他交接；一大半的人都是倾心于他的。

伊　这样说才对了。

埃　他坐在人们中间，就像一位谪降的天神；他有一种出众的尊严，使他显得不同凡俗。不要生气，无上庄严的公主，因为我胆敢用无稽的谰言把您欺骗；它已经被您的坚定的信心所推翻，证明您的识人慧眼，选中了这样一位希有的绅士，果然没有错误了。我对他所抱的友情，使我用那样的话把您煽动，可是神们造下您来，不像别人一样，却是一尘不染的。请原谅我吧。

伊　不妨事，先生。我在这宫庭内所有的权力，都可以听受您的支配。

埃　请接受我的卑恭的感谢。我几乎忘了请求公主一件小小的事；可是事情虽小，却也相当重要，因为尊夫，我自己，还有几个尊贵的朋友，都是和它有关系的。

伊　　请问是什么事?

埃　　我们中间有十二个罗马人，还有尊夫，这些都是我
　　　们交游之中第一流的人物，他们凑集了一笔款子，
　　　购买一件礼物呈献给罗马皇帝；我受到他们的委托，
　　　在法国留心采选，买到了一个雕刻精巧的盘子，和
　　　好几件富丽夺目的珠宝，它们的价值是非常贵重的。
　　　我因为在此人地生疏，有些不大放心，想找一处安
　　　全寄存的所在。不知道公主愿意替我暂时保管吗?

伊　　愿意愿意；我可以用我的名誉担保它们的安全。既
　　　然我的丈夫也有他的一份在内，我要把它们藏在我
　　　的寝室之中。

埃　　它们现在放在一只箱子里面，有我的仆人们看守着；
　　　既蒙概允，我就去叫他们送来，暂寄一宵；明天一
　　　早我就要上船的。

伊　　啊! 不，不。

埃　　是的，请您原谅，要是我延缓了归期，是会失信于
　　　人的。为了特意探望公主的缘故，我才从伽利亚渡
　　　海前来。

伊　　谢谢您的跋涉的辛苦；可是明天不要去吧!

埃　啊！我非去不可，公主。要是您想叫我带信给尊夫的话，请您就在今晚写好。我不能再耽搁下去，因为呈献礼物是不能误了日期的。

伊　我就去写起来。请把您的箱子送来吧；我一定把它保管得万无一失，原封不动地还给您。欢迎您到我们这儿来。（同下）

第二幕

让贞操不要和美貌并存，真理不要和虚饰同在。有了第二个男人插足，爱情就该抽身退避。

第一场 英国；辛白林王宫前

【克洛登及二贵族上。

克　　有谁像我这般晦气！刚刚在最后一下的时候，给人
　　　把我的球打掉了！我摆了一百镑钱在它上面呢，你
　　　想我怎么不气；偏偏个婊子生的猴儿崽子怪我不该
　　　骂人，好像我的骂人的话也是问他借来的，我自己
　　　连随便骂人的自由权都没有啦。

贵族甲　他得到些什么好处呢？您不是用您的球打破他的
　　　头了吗？

贵族乙　（旁白）要是他的头脑也跟那打他的人一般，那么
　　　这一下一定会把它一起打了出来的。

克　　大爷们高兴骂骂人，难道是旁人干涉得了的吗？吓！

贵族乙　不，殿下；（旁白）或是捽他们的耳朵。

克　　婊子生的狗东西！他居然还敢向我挑战！可惜他不
　　　是跟我同一阶级的人！

贵族乙　（旁白）否则你们倒是一对傻瓜。

克　　真气死了我。他妈的！做了贵人有什么好处？他们不敢跟我打架，因为害怕王后我的母亲。每一个下贱的奴才都可以打一个痛快，只有我却像一头没有敌手的公鸡，谁也不敢碰我一碰。

贵族乙　（旁白）你是一头公鸡，也是一头阉鸡；给你套上一顶高冠儿，公鸡，你就叫起来了。

克　　你说什么？

贵族乙　要是每一个被您所开罪的人，您都跟他认真动起手来，那是不适合于您殿下的身分的。

克　　不，那我知道；可是比我低微的人，我就是开罪了他们，也是没有什么不对的。

贵族乙　嗯，只有殿下才有这样的特权。

克　　不是吗？我也是这样说的。

贵族甲　您有没有听见说起有一个外国人今天晚上要到宫里来吗？

克　　一个外国人，我却一点儿不知道！

贵族甲　来的是一个意大利人；据说是利昂那脱斯的一个朋友。

克　　利昂那脱斯！一个亡命的恶棍；他既然是他的朋友，不管他是什么人，总之也不是好东西。谁告诉你这个外国人的消息？

贵族甲　　您殿下的一个童儿。

克　　我应不应该去瞧瞧他？那不会有失我的身分吗？

贵族甲　　您不会失去您的身分，殿下。

克　　我想我的身分是不大容易失去的。

贵族乙　　（旁白）你是一个公认的傻子；所以无论你干些什么傻事，总不会失去你傻子的身分。

克　　来，我要瞧瞧这意大利人去。今天我在球场上输去的，今晚一定要在他身上捞回本来。来，我们去吧。

贵族乙　　我就来奉陪殿下。（克及贵族甲下）像他母亲这样一个奸诈的魔鬼，却会生这一头蠢驴下来！一个用她的头脑克服一切的妇人，这一个她的儿子却连二十减二还剩十八都算不出来。唉！可怜的公主，你天仙化人的伊慕琴啊！你有一个受你后母节制的父亲，一个时时刻刻都在制造阴谋的母亲，还有一个比你亲爱的丈夫的无辜放逐和你们的惨痛的分离更可憎可恼的求婚者，在他们的压力之下，你在挨度着怎样的生活！但愿上天护佑你，保全你的贞操的壁垒，使你的美好的心灵的庙宇不受摇撼，在你自己的立场上坚定站住，等候你流亡的丈夫回来，统治这伟大的国土！（下）

第二场 卧室；一巨箱在室中一隅

【伊慕琴倚枕读书；一宫女侍立。

伊 谁在那边？海伦吗？

宫女 是我，公主。

伊 什么时候了？

宫女 快半夜了，公主。

伊 那么我已经读了三个小时了；我的眼睛疲倦得很；替我把我刚才读罢的这一页折起来；你也去睡吧。不要把蜡烛移去，让它亮着好了。要是你能够在四点钟醒来，请你叫我一声。睡魔已经攫住我的全身。（宫女下）神啊，我把自己托仗你们的保护，求你们不要让精灵鬼怪们侵扰我的梦魂！（睡；埃契摩自箱中出）

埃 蟋蟀们在歌唱，人们都在休息之中恢复他们疲劳的精神。我们的达昆正是像这样蹑手蹑脚地，轻轻走到那被他毁坏了贞操的女郎的床前。赛西莉霞，你睡在床上的姿态是多么优美！鲜嫩的百合花，比你的被褥更洁白！要是我能够接触一下她的肌肤！可是一个吻，仅仅一个吻！无比美艳的红玉，化工把它们安放得多么可爱！散布在室内的异香，是她樱唇中透露出来的气息。蜡烛的火焰向她的脸上低俯，想要从她紧闭的眼睫之下，窥视那收藏了的光辉，虽然它们现在被窗户所遮掩，还可以依稀想见那净澈的纯白和空虚的蔚蓝，那正是太空本身的颜色。可是我的计划是要记录这室内的陈设；我要把一切写它下来；这样这样的图画；那边是窗子；她的床上有这样的装饰；织锦的挂帏，上面织着这样这样的人物和故事。啊！可是关于她肉体上的一些活生生的记录，才是比一万种琐屑的家具更有力的证明，更可以充实我此行的收获。睡眠啊！你死亡的摹仿者，沉重地压在她的身上，让她的知觉像教堂里的墓碑一般漠无所感吧。下来，下来；（自伊慕琴臂上取下手镯）一点不费力地，它就滑落下来了！它是我的；有了这样外表上的证据，一定可以格外加强内心的扰乱，把她的丈夫激怒得发起疯来。在她的左胸还有一颗梅花形的痣，就像莲香花花心里的红点一般：这是一个确证，比任何法律所能造成的证据更有力；这一个秘密将使他不能不相信我已经打开键锁，把她宝贵的贞操偷走了。够了。我好傻！为什么我要把这也记了下来，它不是已经牢牢地钉住在我的记忆里了吗？她读了一个晚上的书，原来看的是替吕厄斯的故事；这儿折下的一页，正是菲萝美儿被迫失身的地方。够了；回到箱子里去，把弹簧关上了。你黑夜的巨龙，走快一些吧，让黎明拨开乌鸦的眼睛！恐惧包围着我的全身；虽然这是一位天上的神仙，我却像置身在地狱之中。（钟鸣）一，二，三；赶快，赶快！（躲入箱内；幕闭）

第三场 与伊慕琴闺房相接之前室

【克洛登及二贵族上。

贵族甲　　您殿下在失败之中那一种镇定的工夫，真是谁也不能仰及的；无论什么人在掷出幺点的时候，总比不上您那样的冷静。

克　　一个人输了钱，总是要冷了半截身子，气得说不出话来的。

贵族甲　　可是不是每一个人都有您殿下这样高贵的耐性。您在得胜的时候，那火性可大啦。

克　　胜利可以使每一个人勇气百倍。要是我能够得到伊慕琴这傻丫头，我就不愁没有钱化。快要天亮啦，是不是？

贵族甲　　已经是清晨了，殿下。

克　　我希望这班乐工们会来。人家劝我在清晨为她奏乐；他们说那是会打动她的心的。

【乐工等上。

克　　来，调起乐器来吧。要是你们的弹奏能够打动她的
　　　　心，那么很好；我们还要试试你们的歌唱哩。要是
　　　　谁也打不动她的心，那么让她去吧；可是我是永远
　　　　不会灰心的。第一，先来一支非常佳妙的曲调；接
　　　　着再来一支甜蜜蜜的歌儿，配着十分动人的辞句；
　　　　然后让她自己去考虑吧。

[歌]　听！听！云雀在天门歌唱，

　　　　旭日早在空中高挂，

　　　　天池的流水琤琤作响，

　　　　羲和在饮他的骏马；

　　　　瞧那万寿菊倦眼慵抬，

　　　　睁开它金色的瞳睛：

　　　　美丽的万物都已醒来，

　　　　醒醒吧，亲爱的美人！

　　　　醒醒，醒醒！

克　　好，你们去吧。要是这一次的奏唱能够打动她的心，
　　　　我从此再不看轻你们的音乐；要是打不动她的心，
　　　　那是她自己的耳朵有了毛病，无论马鬃牛肠，再加

上太监的尖嗓子，都不能把它医治的。（乐工等下）

贵族乙　王上来了。

克　我幸亏通夜不睡，所以才能够起身得这么早；他看见我一早就这样献着殷勤，一定会疼我的。

【辛白林及王后上。

克　陛下早安，母后早安。

辛　你在这儿门口等候着我的倔强的女儿吗？她不肯出来吗？

克　我已经向她奏过音乐，可是她理也不理我。

辛　她的宠人的放逐，还是一件新近的事；她一下子还不能就忘记他。再过一些时候，等到他的记忆一天一天淡薄下去以后，她就是你的了。

后　你千万不要忘了王上的恩德，他总是千方百计，想把你配给他的女儿。你自己也该多用一番工夫，按步就班地进行你的求婚的手续，一切都要见机行事；她越是拒绝你，你越是向她陪小心献殷勤，好像你为她所干的事，都是出于灵感的冲动一般；她吩咐你什么，你都要依从她，只有当她打发你走开的时候，你才可以装聋作哑。

克　装聋作哑！不！

【一使者上。

使者　启禀陛下，罗马派了使臣来了，其中的一个是凯易斯·琉歇斯。

辛　一个很好的人，虽然他这次来是怀着敌意的；可是那不是他的错处。我们必须按照他主人的身分接待他；为了他个人以往对于我们的友谊，我们也必须给他应得的礼遇。我儿，你向你的情人道过早安以后，就到我们这儿来；我还要派你去招待这罗马人哩。来，我的王后。（除克外均下）

克　要是她已经起身，我要跟她谈谈；不然的话，让她一直睡下去做她的梦吧。有人吗？喂！（敲门）我知道她的侍女们都在她的身边。为什么我不去买通她们中间的一个呢？有了钱才可以到处通行；事情往往是这样的。是呀，只要有了钱，替黛安娜女神看守林子的人也会把他们的鹿偷偷儿卖给外人。钱可以害好人含冤而死，也可以让盗贼逍遥法外；嘿，有时候它还会不分皂白，把强盗和好人一起吊死呢。什么事情它做不到？什么事情它毁不了？我要叫她的一个侍女做我的律师，因为我对于自己的案情还有点儿不大明白哩。有人吗？（敲门）

【一宫女上。

宫女　谁在那儿打门？

克　　一个绅士。

宫女　不过是一个绅士吗？

克　　不，他还是一个贵妇的儿子。

宫女　（旁白）有些跟你同样讲究穿着的人，他们倒还夸不出这样的口来呢。——您有什么见教？

克　　我要见见你们公主本人。她有没有准备见客？

宫女　嗯，她准备闭门谢客。

克　　这儿是赏给你的金钱；把你的好消息卖给我吧。

宫女　公主来了！

【伊慕琴上。

克　早安，最美丽的人儿；妹妹，让我吻一吻你可爱的手。(宫女下)

伊　早安，先生。您费了太多的辛苦，不过买到了一些烦恼；我所能给您的报答，只有这么一句话：我是不大懂得感激的，我也不肯向随便什么人表示我的谢意。

克　可是我还是发誓我爱你。

伊　要是您说这样的话，那对我还是一样；您尽管发您的誓，我是永远不来理会您的。

克　这不能算是答复呀。

伊　倘不是因为恐怕您会把我的沉默当作了无言的心许，我是本来不想说话的。请您放过了我吧。真的，您的盛情厚意，不过换到我的无礼的轻蔑。您已经得到教训，应该懂得容忍是最大的智慧。

克　让你像这样疯疯颠颠下去，那是我的罪过；我怎么也不愿意的。

伊　傻子是不能医治疯人的。

克　你叫我傻子吗?

伊　　　我是个疯人，我说你是傻子。要是你愿意忍耐一些，
　　　　我也可以不再发疯；那么你就不是傻子，我也不是
　　　　疯人了。我很抱歉，先生，你使我忘记了妇人的礼貌，
　　　　说了这么多的废话。请你从此以后，明白我的决意，
　　　　我是知道我自己的心的，现在我就凭着我的真诚告
　　　　诉你，我对你是漠不相关的；并且我是那样冷酷无
　　　　情，我简直恨你；这一点我原望你自己觉得，当面
　　　　说破却不是我的本意。

克　　　你对你的父亲犯着不孝的罪名。讲到你自以为跟那
　　　　下贱的家伙订下的婚约，那么像他那样一个靠着布
　　　　施长大，吃些宫庭里残羹冷炙的人，这种婚约是根
　　　　本不能成立的。虽然在微贱的人们中间，——还有
　　　　谁比他更微贱呢？——男女自由结合是一件可以容
　　　　许的事，那结果当然不过生下一群黄脸小儿，过着
　　　　乞丐一般的生活；可是你是堂堂天潢贵胄，那样的
　　　　自由是不属于你的，你不能污毁王族的荣誉，去跟
　　　　随一个卑贱的奴才，一个奔走趋承的下仆，一个奴
　　　　才的奴才。

伊　　　亵渎神圣的家伙！即使你是天神裘必脱的儿子，你

也不配做他的侍仆；要是按照你的才能，你能够在他的王国里当一名刽子手的助理，也就是莫大的荣誉，人家将会妒恨你得到这样一个大好的位置。

克 愿南方的毒雾消蚀了他的筋骨！

伊 他永远不会遭逢灾祸，只有被你提起他的名字才是他最大的不幸。曾经掩覆过他的身体的一件最破旧的衣服，在我看起来也比你头上所有的头发更为宝贵，即使每一根头发是一个像你一般的人。啊，毕散尼奥！

【毕散尼奥上。

克 "他的衣服！"哼，魔鬼——

伊 你快给我到我的侍女陶乐雪那儿去，——

克 "他的衣服！"

伊 一个傻子向我纠缠不清，我又害怕，又恼怒。去，我有一件贵重的饰物，因为自己太大意了，从我的手臂上滑落下来，你去叫我的侍女替我留心找一找；它是你的主人送给我的，即使有人把欧洲无论那一

个国王的收入跟我交换，我也宁死不愿放弃它。我

好像今天早上还看见它；昨天夜里它的的确确在我

的臂上，我还吻过它哩。我希望它不是飞到我的丈

夫那儿去，告诉他我除了他以外，没有吻过别人。

毕　　它不会不见的。

伊　　我希望这样；去找吧。（毕下）

克　　你侮辱了我："他的最破旧的衣服！"

伊　　嗯，我说过这样的话，先生。您要是预备起诉的话，

就请找起见证来吧。

克　　我要去告诉你的父亲。

伊　　还有您的母亲；她是我的好母后，我希望她会恨透

了我。现在我要少陪了，先生，让您去满心不痛快

吧。（下）

克　　我一定要报复。"他的最破旧的衣服！"好。（下）

第四场 罗马；菲拉利奥家中一室

【普修默斯及菲拉利奥上。

普　　不用担心，先生；要是我相信我能够挽回王上的心，
　　　正像深信她会保持她的贞操一样确有把握，那就什
　　　么都没有问题了。

菲　　您有没有向他设法疏通？

普　　没有，我只是静候时机，在目前严冬的风雪中颤栗，
　　　希望温暖的日子会有一天到来。抱着这样残破的希
　　　望，我惭愧不能报答您的感情；万一抱恨而终，只
　　　好永负大恩了。

菲　　能够和盛德的君子同堂共处，已经是莫大的荣幸，可
　　　以抵偿我为您所尽的一切微劳而有余。你们王上现
　　　在大概已经听到了伟大的奥古斯脱斯的旨意；凯易
　　　斯·琉歇斯一定会不辱他的使命。我想贵国对于罗
　　　马的军威是领教过的，余痛未忘，这一次总不会拒
　　　绝纳贡偿欠的条款的。

普　　虽然我不是政治家，也不会成为政治家，可是我相

信这一次将会造成一场战争。你们将会听到目前驻
屯伽利亚的大军不久在我们无畏的不列颠登陆的消
息，可是英国是决不会献纳一文钱的财物的。我们
国里的人已经不像当初裘力厄斯·该撒讥笑他们迟
钝笨拙的那时候这样没有纪律了，要是他尚在人世，
一定会惊怒于他们的勇敢。他们的纪律再加上他们
的勇气，将会向他们的赞美者证明他们是世上最善
于改进的民族。

菲　　瞧！埃契摩！

【埃契摩上。

普　　最敏捷的驯鹿载着你在陆地上奔驰，四方的风吹嘘
　　　着你的船帆，所以你才会这样快就回来了。

菲　　欢迎，先生。

普　　我希望你所得到的简捷的答复，是你提早归来的
　　　原因。

埃　　你的爱人是我所见到过的女郎中间最美丽的一个。

普　　而且也是最好的一个；要不然的话，让她的美貌在

窗孔里引诱邪恶的人们，跟着他们堕落了吧。

埃　　这几封信是给你的。

普　　我相信是好消息。

埃　　大概是的。

菲　　你在英国的时候，凯易斯·琉歇斯是不是在英国宫庭里？

埃　　那时候他们正在等候他，可是还没有到。

普　　那么暂时还不至于有事。这一颗宝石还是照旧发着光吗？或者你嫌它带在手上太黯淡了？

埃　　要是我失去了它，那么我就要失去和它价值相等的黄金。我在英国过了这样甜蜜而短促的一夜，即使路程再远一倍，我也愿意再作一次航行，再享一夜这样温存的艳福。这戒指我已经赢到了。

普　　这钻石太坚硬了，它的棱角是会刺人的。

埃　　一点不，你的爱人是这样一位容易说话的女郎。

普　　先生，不要把你的失败当作一场顽笑；我希望你知道我们不能继续做朋友了。

埃　　好先生，要是你没有把我们的约定作为废纸，那么我们的友谊还是要继续下去的。假如这次我没有把关于你的爱人的消息带来，那么我承认我们还有进一步推究的必要，可是现在我宣布我已经把她的贞操和你的戒指同时赢到了；而且我也没有对不起她或是对不起你的地方，因为这都是出于你们两人自愿的。

普　要是你果然能够证明你已经和她发生枕席上的关系，那么我的友谊和我的戒指都是属于你的；要不然的话，你这样污蔑了她的纯洁的贞操，必须用你的剑跟我一决雌雄，我们两人倘不是一死一生，就得让两柄无主的剑留给无论那一个经过的路人收拾了去。

埃　先生，我将要向你详细叙述我所见所闻的一切，它们将会是那样逼真，使你不能不相信我的说话。我可以发誓证明它们的真实，可是我相信你一定会准许我不必多此一举，因为你自己将会觉得那是不需要的。

普　说吧。

埃　第一，她的寝室，——我承认我并没有在那儿睡过觉，可是一切值得注目的事物，都已被我饱览无遗了，——那墙壁上张挂着用蚕丝和银线织成的锦毡，上面绣着华贵的克莉奥佩屈拉和她的罗马英雄相遇的故事，锡特纳斯的河水一直泛滥到岸上，也许因为它载着太多的船只，也许因为它充满了骄傲；这是一件非常富丽堂皇的作品，那技术的精妙和它本身的价值简直不分高下；我真不信世上会有这样珍奇而工致的杰作，因为它的真实的生命——

普　这是真的；不过也许你曾经在这儿听我或是听别人谈起。

埃　我必须用更详细的叙述证明我的见闻的真确。

普　是的，否则你的名誉将会受到损害。

埃　火炉在寝室的南面，火炉上面雕刻着贞洁的黛安娜女神出浴的肖像；我从来没有见过这样栩栩如生的雕像；那雕刻师简直是无言的化工，要是没有了她，一切都要生趣索然了。

普　这你也可以从人家嘴里听到，因为它是常常被人称道不置的。

埃　寝室的屋顶上装饰着黄金铸成的小天使；她的炉中的薪架，我几乎忘了，是两个白银塑成的眉目传情的小爱神，各自翘着一足站着，巧妙地凭靠在他们的火炬之上。

普　　这就是她的贞操！就算你果然看见这一切，——你
　　　的记忆力是值得赞美的，——可是单单把她寝室里的
　　　陈设描写一下，却还不能替你保全你所押下的赌注。

埃　　那么，要是你的脸色会发白的话，请你准备起来吧。
　　　准许我把这宝贝透一透空气；瞧！（出手镯示普）
　　　它又到你眼前来了。它必须跟你那钻石戒指配成一
　　　对；我要把它们保藏起来。

普　　神啊！再让我瞧一瞧。它就是我留给她的那手镯吗？

埃　　先生，我谢谢她，正是那一只。她亲自从她的臂上
　　　勒了下来；我现在还能仿佛想见她当时的光景；她
　　　的美妙的动作超过了她的礼物的价值，可是也使它
　　　变得格外的贵重。她把它给了我，还说她曾经一度
　　　对它十分重视。

普　　也许她取下这手镯来，是要请你把它送给我的。

埃　　她在信上向你这样写着吗？

普　　啊！不，不，不，这是真的。来，把这也拿去了；（以
　　　戒指授埃）它就像一条毒龙，看了它一眼也会致人
　　　于死命。让贞操不要和美貌并存，真理不要和虚饰

同在；有了第二个男人插足，爱情就该抽身退避。女人的誓言是不能发生效力的，因为她们本来不知道名节是什么东西。啊！无限的虚伪！

菲　　宽心一些，先生，把您的戒指拿回去；它还不能就算被他赢到哩。这手镯也许是她偶然遗失；也许谁知道是不是她的侍女受人贿赂，把它偷了出来。

普　　很对；我希望他是这样得到它的。把我的戒指还我。向我提出一些比这更可靠的关于她肉体上的证据；因为这是偷来的。

埃　　凭着裘必脱发誓，它明明是她从臂上取下来给我的。

普　　你听，他在发誓，凭着裘必脱发誓了。这是真的；不，把那戒指留着吧；这是真的。我确信她不会把它遗失；她的侍女们都是矢忠不二的；她们会受一个不相识者的贿诱，把它偷了出来！不会有的事！不，他已经享受过她的肉体了；她用这样重大的代价，买到一个淫妇的头衔：这就是她的失贞的断案。来，把你的酬劳拿了去；愿地狱中一切的恶鬼把你撕得四分五裂！

菲　　先生，宽心一些吧；对于一个信心深刻的人，这还不够作为充分的证据。

普　　不必多说，她已经被他奸污了。

埃　　要是你还要找寻进一步的证据，那么在她那值得被
人爱抚的酥胸之下，有一颗小小的痣儿，很骄傲地
躺在这销魂蚀骨的所在。凭着我的生命起誓，我情
不自禁地吻了它，虽然那给我很大的满足，却格外
燃起了我的饥渴的欲望。你还记得她身上的这一点
痣吗？

普　　嗯，它证实了她还有一个污点，大得可以充塞整个
的地狱。

埃　　你愿意再听下去吗？

普　　少卖弄卖弄你的数学天才吧；不要一遍一遍地向我
数说下去；只一遍就可以抵过一百万次了！

埃　　我可以发誓，——

普　　不用发誓。要是你发誓说你没有干这样的事，你就
是说谎；要是你否认奸污了我的妻子，我就要杀死你。

埃　　我什么都不否认。

普　　啊！我希望她就在我的眼前，让我把她的肢体一节
一节撕成粉碎。我要到那边去，走进她的宫里，当

　　　　着她父亲的面前撕碎她。我一定要干些什么——（下）

菲　　　全然失去了自制的能力！你已经胜利了。让我们跟

　　　　上他去，解劝解劝他，免得他在盛怒之下，干出一

　　　　些不利于自己的事来。

埃　　　我很愿意。（同下）

第五场 同前；另一室

【普修默斯上。

普　　难道男人们生到这世上来，一定要靠女人的合作的
　　　吗？我们都是私生子，全都是。被我称为父亲的那
　　　位最可尊敬的人，当我的母亲怀孕我的时候，谁也
　　　不知道他在什么地方；不知道那一个人造下了我这
　　　冒牌的赝品；可是我的母亲在当时却是像黛安娜一
　　　般圣洁的，正像现在我的妻子擅着无双美誉一样。
　　　啊，报复！报复！她不让我享受我的合法的欢娱，
　　　常常劝诫我忍耐自制，她的神情是那样的贞静幽娴，
　　　带着满脸的羞涩，那楚楚可怜的样子，便是铁石心
　　　肠的人，也不能不见了心软；我以为她是像没有被
　　　太阳照临的白雪一般皎洁的。啊，一切的魔鬼们！
　　　这卑鄙的埃契摩在一小时之内，——也许还不到一
　　　小时的功夫？——也许他没有说什么话，只是像一
　　　头日耳曼的野猪似的，一声叫喊，一头就扑了上去，
　　　除了照例的半推半就以外，并没有遭遇任何的反抗。

但愿我能够在我自己的一身之内找到那一部分是女人给我的！因为我断定男人的罪恶的行动，全都是女人遗留给他的性质所造成的：说谎是女人的天性；谄媚也是她的；欺骗也是她的；淫邪和猥亵的思想，都是她的，她的；报复也是她的本能；野心，贪欲，好胜，傲慢，虚荣，诽谤，反复，凡是一切男人所能列举，地狱中所知道的罪恶，或者一部分，或者全部分，都是属于她的；不，简直是全部分；因为她们即使对于罪恶也没有恒心，每一分钟都要更换一种新的花样。我要写文章痛骂她们，厌恶她们，咒诅她们。可是这还不是表示真正的痛恨的最好的办法，我应该祈祷她们如愿以偿，因为她们自己招来的痛苦，是远胜于魔鬼所能给与她们的灾祸的。（下）

第三幕

她不是奔向死亡，就是走到不名誉的路上；无论走的是那一条路，我都可以利用这一种机会达到我的目的。

第一场 英国；辛白林宫中大厅

【辛白林，王后，克洛登，及群臣自一门上；凯易
斯·琉歇斯及侍从等自另一门上。

辛　　现在告诉我们奥古斯脱斯·该撒有什么赐教？

琉　　我们的先皇裘力厄斯·该撒——他的记忆至今存留
　　　在人们心目之中，他的赫赫的威名，将要永远流传
　　　于众口，——当他征服贵国的时候，正是令叔凯昔
　　　皮兰当国，他的卓越的功业，是素来为该撒所称道
　　　的；那时令叔曾经答应每年向罗马献纳三千镑的礼
　　　金，传诸后嗣，永为定例，可是近年来陛下却没有
　　　履行这一项义务。

后　　为了免得你们惊讶起见，我们将要从此废除这一项
　　　成例。

克　　也许要经过许多的该撒才会再有这样一个裘力厄斯
　　　出现。英国是一个独立的世界，我们顶着自己的鼻
　　　子，用不到出钱买别人的恩典。

后   当初他们凭借威力，夺去我们独立自强的机会，现在这样的机会又已被我们得到了。陛下不要忘了先王们缔造的辛勤，也不要忘了我们这岛上天然的形势，它正像海神的苑囿一般，周遭环绕着峻峭的危岩，咆哮的怒浪，和广漠的沙碛，敌人们的船只一近滩岸，就会连桅樯一起陷入沙内。该撒曾经在这儿得到过一次小小的胜利，可是他的"我来，我看见，我战胜"的豪语，却不是在这儿发表的。他曾经两次被我们击退，驱出海岸之外，这是他平生第一次感到痛心的耻辱；他的船舶，可怜的无用的泡沫！在我们可怕的海上，就像随波浮沉的蛋壳一般，一碰到我们的岩石就撞为粉碎。为了庆祝那一次的胜利，著名的凯昔皮兰，——他曾经一度几乎使该撒屈服于他的宝剑之下，啊，反复无常的命运！——下令全国举起欢乐的火炬，每一个不列颠人都是扬眉吐气，勇敢百倍。

克   得啦，什么礼金我们是不付的。我们的国势已经比当初强了许多；而且我说过的，你们也不会再有那样一位该撒；也许别的该撒也有弯曲的鼻子，可是谁也不会再有那样挺直的手臂了。

辛　　我儿，让你的母亲说下去。

克　　在我们中间还有许多人有着像凯昔皮兰一样坚强的
铁腕；我并不说我也是一个，可是我的手却也不怕
和人家周旋。为什么要我们献纳礼金？要是该撒能
够用一张毯子遮住太阳，或是把月亮藏在他的衣袋
里，那么我们为了需要光明的缘故，只好向他献纳
礼金；要不然的话，阁下，请您还是不用提起这礼
金两个字吧。

辛　　你必须知道，在包藏祸心的罗马人没有向我们勒索
这一笔礼金以前，我们本来是自由的；该撒的囊括
世界的雄心，使他不顾一切阻力，把桎梏套在我们
的头上，我们是尚武好勇的民族，当然要挣脱这一
种难堪的束缚。我们当时就曾向该撒说过，我们的
祖先就是为我们制定法律的慕尔缪歇斯，他的神圣
的宪章已经在该撒的武力之下横遭摧残；凭着我们
所有的力量，恢复我们法纪的尊严，这是我们义不
容辞的责任，虽然因此而触怒罗马，也在所不顾。
慕尔缪歇斯制定我们的法律，他是第一个戴上黄金

的宝冠，即位称王的不列颠人。

琉　　我很抱歉，辛白林，我必须向你宣告奥古斯脱斯·该撒是你的敌人；在该撒麾下奔走服役的国王，是比你全国所有的官吏更多的。我现在用该撒的名义，通知你战争和混乱的命运已经临到你的头上，无敌的雄师不久就要开入你的国境之内，请准备着吧。现在我的挑战的使命已经完毕，让我感谢你给我的优渥的礼遇。

辛　　你是我们的嘉宾，凯易斯。我曾经从你们该撒的手里受到武士的封号；我的少年时代大半是在他的麾下度过，是他启发了我荣誉的观念；为了不负他的训诲起见，我必须全力保持我的荣誉。我知道巴诺尼亚人和达尔迈西亚人已经为了争取他们的自由而揭竿奋起了；该撒将会知道不列颠人不是麻木不仁的民族，决不会看着这样的前例而无动于中的。

琉　　让事实证明一切吧。

克　　我们的王上向您表示欢迎。请您在我们这儿多玩一两天。要是以后您要跟我们用另一副面目相见，您必须在海水的拱卫中间找寻我们；要是您能够把我们驱逐出去，我们的国土就是你们的；要是你们的冒险失败了，那却便宜了我们的乌鸦，可以把你们的尸体饱餐一顿；事情就是这样完结。

琉　很好，阁下。

辛　我知道你们主上的意思，他也知道我的意思。我现在所要向你说的唯一的话，就是"欢迎！"（同下）

第二场　同前；另一室

【毕散尼奥上，读信。

毕　　怎么！犯了奸淫！你为什么不写明这是那一个鬼东
　　　西捏造她的谣言？利昂那脱斯！啊，主人！什么毒
　　　药把你的耳朵麻醉了？那一个毒手毒舌的奸恶的意
　　　大利人向你播弄是非，你会这样轻易地听信他？不
　　　忠实！不，她是因为忠贞不二而受尽磨折，像一个
　　　女神一般，超过一切妻子所应尽的本分，她用过人
　　　的毅力，抵抗着即使贞妇也不免屈服的种种胁迫。
　　　啊，我的主人！你现在对她的卑劣的居心，恰恰和
　　　你低微的命运相称。嘿！我必须杀死她，因为我曾
　　　经立誓尽忠于你的命令？我，她？她的血？要是必
　　　须这样才算尽了一个仆人的责任，那么我宁愿永远
　　　不要做人家的忠仆。我的脸上难道竟是这样冷酷无
　　　情，会动手干这种没有人心的事吗？"此事务须速
　　　行无忽。余已遵其请求，另有一函致达彼处，该信
　　　将授汝以机会。"啊，可恶的书信！你的内容正像

那写在你上面的墨水一般黑。无知无觉的纸片，你做了这件罪行的同谋者，你的外表却是这样处女般的圣洁吗？瞧！她来了。我必须把主人命令我做的事隐瞒起来。

【伊慕琴上。

伊　　啊，毕散尼奥！

毕　　公主，这儿有一封我的主人寄来的信。

伊　　谁？你的主？那就是我的主利昂那脱斯。啊！要是有那一个占星的术士熟悉天上的星辰，正像我熟悉他的字迹一样，那才真算得学术湛深，他的慧眼可以观察到未来的一切。仁慈的神明啊，但愿这儿写着的，只是爱，是我主的健康，是他的满足，可是并不是他对于我们两人远别的满足；让这一件事使他悲哀吧，有些悲哀是有药饵的作用的，这一种悲哀也是，因为它可以滋养爱情；但愿他一切满足，只除了这一件事！好蜡，原谅我，造下这些把心事密密封固的锁键的蜂儿们啊，愿你们有福！好消息，神啊！

"噫，至爱之人乎！设卿不愿与仆更谋一面，则将
重创仆心；纵令仆为卿父所获而被处极刑，其惨痛
尚不若如是之甚。仆今在密尔福特港之堪勃利亚；
倘蒙垂怜，幸希临视，否则悉随卿意可耳。山海之盟，
永矢勿谖；爱慕之忱，与日俱进。敬祝万福！

利昂那脱斯·普修默斯手启。"

啊！但愿有一匹插翼的飞马！你听见吗，毕散尼
奥？他在密尔福特港；读了这封信，再告诉我到
那边去有多少远。要是一个事情并不重要的人，费
了一星期的跋涉，就可以走到那边，那么为什么
我不能在一天之内飞步赶到？所以，忠心的毕散尼
奥，——你是也像我一样渴想着见一见你主人的面
的；啊！让我改正一句，你虽然思念你的主人，可
是并不像我一样；你的思念之心是比较淡薄的；啊！
你不会像我一样，因为我对于他的爱慕超过一切的
界限；——说，用大声告诉我，——爱情的顾问应
该用充耳的雷鸣震聋听觉，——到这幸福的密尔福
特有多少路程；同时告诉我威尔斯何幸而拥有这样

一个海港；可是最重要的，你要告诉我我们怎么可

以从这儿逃走出去，从出走到回来这一段时间，用

怎样的计策才可以遮掩过他人的耳目；可是第一还

是告诉我逃走的方法。为什么要在事前预谋掩饰？

这问题我们尽可慢慢儿再谈。说，我们骑着马每一

小时可以走几哩路？

毕　　从日出到日没，公主，二十哩路对于您已经足够了，

也许这样还嫌太多。

伊　　嗳哟，一个骑了马去上刑场的人，也不会走得这样

慢。我曾经听说有些赌赛的骑士，他们的马走得比

时计中的沙更快。可是这些都是傻话。去叫我的侍

女诈称有病，说她要回家去看看她的父亲；然后立

刻替我备下一身骑装，不必怎样华贵，只要适宜于

一个小乡绅的妻子的身分就得了。

毕　　公主，您最好还是考虑一下。

伊　　我只看见我前面的路，朋友；这儿的一切，或是以

后发生的事情，都笼罩在迷雾之中，望去只有一片

的模糊。去吧，我求求你；照我的吩咐做去。不用

再说别的话语，密尔福特是我唯一的去处。（同下）

第三场 威尔斯；山野，有一岩窟

【裴拉律斯，基特律斯，及阿维雷格斯自山洞中上。

裴　　真好的天气！像我们这样住在低矮的屋宇下的人，
　　　要是深居不出，那才是辜负了天公的厚意。弯下身
　　　子来，孩子们；这一个洞门教你们怎样崇拜上天，
　　　使你们在清晨的阳光之中，向神圣的造物者鞠躬致
　　　敬。帝王的宫门是高敞的，即使巨人们也可以高戴
　　　他们丑恶的头巾，从里面大踏步出来，而无须向太
　　　阳敬礼。晨安，你美好的苍天！我们虽然住在岩窟
　　　之中，却不像那些高楼大厦中的人们那样对你冷漠
　　　无情。

基　　晨安，苍天！

阿　　晨安，苍天！

裴　　现在要开始我们山间的狩猎。到那边山上去，你们
　　　的腿是年轻而有力的；我只好在这儿平地上跑跑。
　　　当你们在上面看见我只有乌鸦那么大小的时候，你
　　　们应该想到你们所处的地位，正可以显示出万物的

渺小和自己的崇高；那时你们就可以回想到我曾经告诉你们的关于宫庭，君主，和战争的权谋的那些故事，功业成就之时，也就是藏弓烹狗之日；想到了这一些，可以使我们从眼前所见的一切事物之中获得教益，我们往往可以这样自慰，硬壳的甲虫是比奋翼的猛鹰更为安全的。啊！我们现在的生活，不是比小心翼翼地恭候着他人的叱责，受了贿赂而无所事事，穿着不用钱买的绸缎的那种生活更高尚，更富有，更值得自傲吗？那些受人供养，非但不知报答，还要人家向他脱帽致敬的人，他们的生活是不能跟我们相比的。

基　您这些话是从您的经验之中吐露出来的。我们是羽毛未丰的小鸟，从来不曾离巢远飞，也不知道家乡之外，还有什么天地。要是平和宁静的生活是最理想的生活，也许这样的生活是最美满的；对于您这样一位饱尝人世辛酸的老人家，当然会格外觉得它的可爱；可是对于我们，它却是一间愚昧的暗室，卧榻上的旅行，不敢跨越一步的负债者的牢狱。

阿　当我们像您一样年老的时候，我们有些什么话可以

向人诉说呢？当我们听见狂暴的风雨打击着黑暗的
严冬的时候，在我们阴寒的洞窟之内，我们应该用
些什么谈话，来排遣这冷冰冰的时间呢？我们什么
都没有见过。我们全然跟野兽一样，在觅食的时候，
我们是像狐狸一般狡狯，像豺狼一般凶猛的；我们
的勇敢只是用来追逐逃走的猎物。正像被囚的鸟儿
一样，我们把笼子当作了唱歌的所在，高唱着我们
的羁囚。

裴　你们说的是什么话！要是你们知道城市中的榨夺，亲
自领略过那种抽筋刮髓的手段；要是你们知道宫庭
里的勾心斗角，去留都是同样的困难，爬得越高，
跌得越重，即使幸免陨越，那如履薄冰的惴惧，也
就够人受罪；要是你们知道战争的困苦，为了名誉
和光荣，追寻着致命的危险，一旦身死疆场，往往
只留下几行诬谤的墓铭，记录他生前的功业；是的，
立功遭谴，本来是不足为奇的事，最使人难堪的，
你还必须恭恭敬敬地陪着小心，接受那有罪的判决。
孩子们啊！世人可以在我身上读到这一段历史：我
的肉体上留着罗马人刀剑的伤痕，我的声誉一度在

最知名的人物之间忝居前列；我曾经邀辛白林的眷宠；当人们谈起战士的时候，我的名字总离不了他们的唇角；那时我正像一株枝头满垂着果子的大树，可是在一夜之间，狂风的突起或是盗贼的光临，随你们怎么说都可以，摇落了我的成熟的果实，不，把我的叶子都一起摇了下来，留下我这秃干枯枝，忍受着风霜的凌虐。

基 不可靠的恩宠！

裴 我屡次告诉你们，我并没有犯什么过失，可是我的完整的荣誉，敌不了那两个恶人的虚伪的誓言，他们向辛白林发誓说我和罗马人密谋联络。自从我那次被他们放逐以后，这二十年来，这座岩窟和这一带土地就成为我的世界，我在这儿度着正直而自由的生活，在我整个的前半生中，还不曾有过这样的机会，可以让我向上天掬献我的虔诚的感谢。可是到山岭上去吧！这不是猎人们所讲的话。谁最先把鹿捉到，他就是餐席上的主人，其余的两人将要成为他的侍者；我们无须担心有人下毒，像那些豪门中的盛筵一样。我在山谷里和你们会面吧。（基、

阿同下）天性中的灵明是多么不容易掩没！这两个
孩子一定不知道他们是国王的儿子；辛白林也永远
梦想不到他们尚在人间。他们以为我是他们的父亲；
虽然他们是在这俯腰曲背的卑微的洞窟之中教养长
大，他们的雄心却可以冲破王宫的屋顶，他们过人
的天性，使他们在简单渺小的事物之中显示出他们
高贵的品格。这一个坡力陀儿，辛白林的世子，不
列颠王统的继承者，基特律斯是他的父王为他所取
的本名，——神啊！当我坐在三足凳上，向他讲述
我的战绩的时候，他的心灵就飞到了我的故事的中
间；他说，"我的敌人也是这样倒在地上，我也是
这样把我的脚踏住他的脖子"；就在那时候，他的
高贵的血液升涨到他的颊上，他流着汗，他的幼稚
的神经紧张到了极度，他装出种种的姿势，表演着
我所讲的一切情形。他的弟弟凯特华尔，——阿维
雷格斯是他的本名，——也像他哥哥一样，常常把
生命注人我的叙述之中，充分表现出他活跃的想像。
听！猎物已经赶起来了。辛白林啊！上天和我的良
心知道，你不应该把我无辜放逐；为了一时气愤，

我才把这两个孩子偷了出来，那时候一个三岁，一个还只有二岁；因为你褫夺了我的土地，我才想要绝灭你的后嗣。尤莉斐儿，你是他们的乳母，他们把你当作他们的母亲，每天都要到你的墓前凭吊。我自己，裴拉律斯，现在化名为摩根，是他们心目中的亲生严父。打猎已经完毕了。（下）

第四场　密尔福特港附近

【毕散尼奥及伊慕琴上。

伊　　当我们下马的时候，你对我说那地方没有几步路就
可以走到；我的母亲生产我那天渴想着看一着我的
那种心理，还不及我现在盼望他的热切。毕散尼奥！
朋友！普修默斯在那儿？你这样呆呆地睁大了眼睛，
心里在转些什么念头？为什么你要深深地叹气？要
是照你现在的形状描成一幅图画，人家也会从它上
面看出一副茫然自失的心情。放出勇敢一些的神气
来吧，否则惶惑将要使我不能保持我的镇定了。什
么事？为什么你用那么冷酷的眼光，把这一封信交
给我？假如它是盛夏的喜讯，你应该笑逐颜开；假
如它是严冬的噩耗，那么继续保持你这副脸相吧。
我的丈夫的笔迹！那为毒药所麻醉的意大利已经使
他中了圈套，他现在是在不能自拔的窘境之中。说，
朋友；我自己读下去也许是致命的消息，从你嘴里
说出来或者可以减轻一些它的严重的性质。

毕　　请您念下去吧；您将要知道我是最为命运所蔑视的
　　　一个倒霉的家伙。

伊　　"毕散尼奥乎，尔之女主人行同娼妓，证据凿凿，
　　　皆为余所疾首痛心，永志不忘者。此言并非无根之
　　　猜测，其确而可信，殆无异于余心之悲痛；耿耿此恨，
　　　必欲一雪而后快。毕散尼奥乎，尔之忠诚倘未因受
　　　彼濡染而变色，则尔当手刃此妇，为余尽报复之责。
　　　余已致函彼处，嘱其至密尔福特港相会，此实为尔
　　　下手之良机。设尔意存迟疑，不果余言，则彼之丑
　　　行，尔实与谋；一为失贞之妇，一为不忠之仆，余
　　　之愤怒将兼及尔身。"

毕　　我何必拔出我的剑来？这封信已经把她的咽喉切断
　　　了。不，那是谣言，它的锋刃比刀剑更锐利，它的
　　　长舌比尼罗河中所有的毒蛇更毒，它的呼吸驾着疾
　　　风，向世界的每一个角落散播它的恶意的诽谤；宫
　　　庭之内，政府之中，少女和妇人的心头，以至于幽
　　　暗的坟墓，都是这恶毒的谣言伸展它的势力的所在。
　　　您怎么啦，公主？

伊　　失贞！怎么叫做失贞？因为思念他而终宵不寐吗？

一点钟又一点钟地流着泪度过吗？在倦极入睡的时候，因为做了关于他的恶梦而哭醒转来吗？这就是失贞，是不是？

毕　　唉！好公主！

伊　　我失贞！问问你的良心吧！埃契摩，你曾经说过他怎样怎样放荡，那时候我瞧你像一个恶人；现在想起来，你的脸貌还算是好的。那一个涂脂抹粉的意大利淫妇迷住了他；可怜的我是已经陈旧的了，正像一件不合时式的衣服，挂在墙上又太刺目，所以只好把它撕碎；让我也被你们撕成粉碎了吧！啊！男人的盟誓是妇女的陷阱！因为你的变心，夫啊！一切美好的外表将被认为掩饰奸恶的脸具；它不是天然生就，而是为要欺骗妇女而套上去的。

毕　　好公主，听我说。

伊　　正人君子的话，在当时往往被认为虚伪；奸诈小人的眼泪，却容易博取人们的同情。普修默斯，你的堕落将要影响到一切俊美的男子，他们的风流秀雅，将要成为诈伪欺心的标记。来，朋友，做一个忠实的人，执行你主人的命令吧。当你看见他的时候，请你向他证明我的服从。瞧！我把剑自己拔出来了；拿着它，把它刺进我的爱情的纯洁的殿堂，我的心坎里去吧。不用害怕，它除了悲哀之外，是什么也没有的；你的主人不在那儿，他本来是它唯一的财富。照他的吩咐实行，举起你的剑来。你在正大的行动上也许是勇敢的，可是现在你却像一个懦夫。

毕　去，万恶的武器！我不能让你沾污我的手。

伊　不，我必须死；要是我不死在你的手里，你就不是你主人的仆人。我的软弱的手没有自杀的勇气，因为那是为神圣的教条所禁止的。来，这儿是我的心。它的前面还有些什么东西；且慢！且慢！我们要撤除一切的防御，像剑鞘一般服贴顺从。这是什么？忠实的利昂那脱斯的金科玉律，全变成了异端邪说！去，去，我的信心的破坏者！我不要你们再做我的心灵的护卫了。可怜的愚人们是这样信任着虚伪的教师；虽然受欺者的心中感到深刻的剧痛，可是欺诈的人也逃不了更痛苦的良心的鞭责。你，普修默斯，你使我反抗我的父王，把贵人们的求婚蔑弃不顾，今后你将会知道这不是寻常的行动，而是需要希有的勇气的。我还要为你悲伤，当我想到你现在所贪恋的女人，一旦把你厌弃以后，我的记忆将要使你感到怎样的痛苦。请你赶快动手吧；羔羊在向屠夫恳求了；你的刀子呢？这不但是你主人的命令，也是我自己的愿望，你不该迟疑畏缩。

毕 啊，仁慈的公主！自从我奉命执行这一件工作以来，我还不曾有过片刻的安睡。

伊 那么快把事情办好，回去睡觉吧。

毕 我要在睡梦中把我的眼睛都哭瞎了。

伊 那么为什么接受这一件使命？为什么为了一个虚伪的借口，走了这么多的路？为什么要到这儿来？我们两人的行动，我们马儿的跋涉，都是为着什么？为什么浪费这么多的时间？为什么要引起宫庭里对于我的失踪的惊疑？——那边我是准备再也不回去的了。——为什么你已经走到你的指定的屠场，那被选中的鹿儿就在你的面前，你又改变了你的决意？

毕 我的目的只是要迁延时间，逃避这样一件罪恶的差使。我已经在一路上盘算出一个方法。好公主，耐心听我说吧。

伊　　说吧，尽你说到舌敝唇焦。我已经听见我是个娼妓，

我的耳朵早被谎话所刺伤，任何的打击都不能使它

感到更大的痛苦，也没有那一枚医士的探针可以探

测我的伤口有多么深。可是你说吧。

毕　　那么，公主，我想您是不会再回去的了。

伊　　那当然啦，你不是带我到这儿来杀死我的吗？

毕　　不，不是那么说。可是我的智慧要是跟我的良心一

样可靠，那么我的计策也许不会失败。我的主人一

定是受了人家欺骗；不知那一个恶人，嗯，一个千

刁万恶的恶人，用这种该死的手段中伤你们两人的

感情。

伊　　一定是那一个罗马的娼妓。

毕　　不，凭着我的生命起誓。我只要通知他您已经死了，

按照他的吩咐，寄给他一些血证；您从宫庭里失踪

的消息，可以使他对于这件事深信不疑。

伊　　嗳哟，好人儿，你叫我干些什么事？住在什么地方？

怎样生活下去？我的丈夫已经把我当作死去的了，我

的生命中还有什么乐趣？

毕　　要是您还是愿意回到宫里去，——

伊　没有宫庭，没有父亲；也再不要受那个粗鲁的，尊

　　贵的，愚蠢的废物克洛登的烦扰！那克洛登，他的

　　求爱对于我是像敌军围攻一样可怕的。

毕　要是不回宫里去，那么您就不能住在英国。

伊　那么到什么地方去呢？难道一切的阳光都是照在英

　　国的吗？除了英国之外，别的地方都是没有昼夜的

　　吗？在世界的大卷册中，我们的英国似乎附属于它，

　　却并不是它本身的一部分；她是广大的水池里一个

　　天鹅的巢。请你想一想，英国以外也是有人居住的。

毕　我很高兴您想到别的地方。罗马的使臣琉歇斯明儿

　　要到密尔福特港来了。要是您能够打叠起一股跟您

　　那黑暗的命运相称的不怕忍受屈辱的精神，只要改

　　变一下您的装束，——因为照您现在这样子，对于

　　您是不大安全的，——您就可以走上一条康庄大道，

　　饱览人世间的形形色色；而且也许还可以接近普修

　　默斯所住的地方，即使您看不见他的一举一动，至

　　少也可以从人们的传说之中，每小时听到关于他的

　　确实的消息。

伊　啊！要是有这样的机会，只要对于我的名节没有毁

损，即使冒一些危险，我也愿意一试。

毕　　好，那么听我说来。您必须忘记您是一个女人，把
　　　命令换了服从，把女人本色的怕事和小心，换了放
　　　肆的大胆；您必须把讥笑的话随时挂在口头；您必
　　　须应答敏捷，不怕得罪别人，还要像伶俐一般喜欢
　　　吵架；而且您必须忘掉您有一张世间最珍贵的脸庞，
　　　让它去受遍吻一切的阳光的贪馋的抚摩，虽然太不
　　　忍心了，可是唉！这也是没有办法的事；最后，您
　　　必须忘掉那曾经使天后朱诺妒恨的一切繁细而工致
　　　的修饰。

伊　　得啦，说简单一些。我明白你的用意，差不多已经
　　　变成一个男人啦。

毕　　第一您要把自己装得像一个男人。我因为预先想到
　　　这一层，早已把紧身衣，帽子，长袜，和一切应用
　　　的物件一起端整好，它们都在我的衣包里面。您穿
　　　起了这样的服装，再摹仿一些像您这样年龄的青年
　　　男子们的神气，就可以到尊贵的琉歇斯面前介绍您
　　　自己，请求他把您收留，对他说，您能够伺候他的
　　　左右，对于您是一件莫大的幸事。要是他有一张鉴

赏音乐的耳朵，听了您这样娓娓动人的说话，一定会非常高兴地拥抱您，因为他不但为人正直，而且秉性也是非常仁慈。您在外面的费用，一切都在我身上；我一定会随时供给您的。

伊　你是天神们赐给我的唯一的安慰。去吧；还有一些事情需要考虑，可是我们将要利用时间给与我们的机会。我已经下了决心，实行这样的尝试，并且准备用最大的勇气忍受一切。你去吧。

毕　好，公主，我们必须就是这样匆匆地分手了，因为我怕他们不见我的踪迹，会疑心到是我骗诱您从宫中出走。我的尊贵的女主人，这儿有一个小匣子，是王后赐给我的，里面藏着灵奇的妙药；要是您在海上晕船，或是在陆地上感到胸腹作恶，只要服下一点点儿，就可以药到病除。现在您快去找一处有树木荫蔽的所在，把您的男装换起来吧。愿天神们领导您到最幸福的路上！

伊　阿们。我谢谢你。（各下）

第五场 辛白林宫中一室

【辛白林，王后，克洛登，琉歇斯，群臣，及侍从等上。

辛　　再会吧，恕不远送了。

琉　　谢谢陛下。敌国皇帝已经有命令来，我不能不回去。我很抱憾我必须回国复命，说您是我的主上的敌人。

辛　　阁下，我的臣民不愿忍受他的束缚；要是我不能表示出比他们更坚强的态度，那是有失一个国王的身分的。

琉　　是，陛下，我还要向您请求派几个人在陆地上护送我到密尔福特港。娘娘，愿一切快乐降在您身上！

后　　愿您也享受同样的快乐！

辛　　各位贤卿，你们护送琉歇斯大人安全到港，一切应有的礼节，不可疏忽。再会吧，高贵的琉歇斯。

琉　　把您的手给我，阁下。

克　　接受我这友谊的手吧；可是从今以后，我们是要化友为敌的了。

琉　　阁下，结果还不知道胜败谁属哩。再会！

辛　　各位贤卿，不要离开尊贵的琉歇斯；等他渡过了塞
　　　汶河，你们再回来吧。祝福！（琉及群臣下）

后　　他含怒而去；可是我们能够使他失望而归，那正是
　　　我们的光荣。

克　　这样才好；勇敢的不列颠人谁都愿望有这么一天。

辛　　琉歇斯早已把这儿的一切情形通知他的皇帝了，所
　　　以我们应该赶快把战车和马队调集完备。他们早先
　　　驻扎在伽利亚的军队马上就可以传令出发，向我们
　　　的国境开始攻击。

后　　这不是可以混混过去的事情；我们必须奋起全力，迅
　　　速准备我们御敌的工作。

辛　　幸亏我们早已预料到这一着，所以才能够有恃无恐。
　　　可是，我的好王后，我们的女儿呢？她并没有出来
　　　见罗马的使臣，也没有向我们问安。她简直把我们
　　　当作仇人一样看待，忘记了做女儿的责任了；我早
　　　就注意到她这一种态度。叫她出来见我；我们一向
　　　太把她纵容了。（一从者下）

后　　陛下，自从普修默斯放逐以后，她就过着深居简出
　　　的生活；这种精神上的变态，陛下，我想还是应该

让时间来治愈它的。请陛下千万不要把她责骂。她
是一位受不起委屈的小姐，你说了她一句话，就像
用刀剑刺进她的心里，简直就是叫她死。

【从者重上。

辛　　她呢？我们应该怎么应付她这种渺视的态度？

从者　　启禀陛下，公主的房间全都上了锁，我们大声呼喊，
都不见有人回答。

后　　　陛下，上一次我去探望她的时候，她请求我原谅她
的闭门不出，她说因为身子有病，不能每天来向您
请安，尽她晨昏定省的责任；她希望我在您的面前
转达她的歉意，可是因为碰到国有要事，我也忘记
向您提起了。

辛　　　她的门儿上了锁！最近没有人见过她的面！天哪，但
愿我所恐惧的并不是事实！（下）

后　　　儿啊，你也跟着王上去吧。

克　　　她那个亲信的老仆毕散尼奥，这两天来我也没有见过。

后　　　去探查一下。（克下）毕散尼奥，你这替普修默斯出

尽死力的家伙！他有我给他的毒药；但愿他的失踪的原因是服毒身亡，因为他相信那是非常珍贵的灵药。可是她，她到什么地方去了呢？也许她已经对人生感觉绝望，也许她驾着热情的翅膀，飞到她心爱的普修默斯那儿去了。她不是奔向死亡，就是走到不名誉的路上；无论走的是那一条路，我都可以利用这一种机会达到我的目的；只要她跌倒了，这一顶不列颠的王冠就稳稳在我的掌握之中。

【克洛登重上。

后　　怎么啦，我的孩子！

克　　她准定是逃走啦。进去安慰安慰王上吧；他在那儿暴跳如雷，谁也不敢走近他。

后　　（旁白）再好没有；但愿这一夜的气愤促短了他明日的寿命！（下）

克　　我又爱她又恨她。因为她是美貌而高贵的，她娴熟一切宫庭中的礼貌，无论那一个妇人少女都不及她的优美；每一个女人的长处她都有，她的一身兼备众善，超过了同时的侪辈。我是因此而爱她的。可是她瞧不起我，反而向卑微的普修默斯身上滥施她的爱宠，这证明了她的不识好坏，虽然她有其他种种难得的优点，也不免因此而逊色；为了这一个缘故，我决定恨她，不，我还要向她报复我的仇恨哩。因为当傻子们——

【毕散尼奥上。

克　　这是谁？什么！你想逃走吗，狗才？过来。啊，你这好忘八羔子！混蛋，你那女主人呢？快说，否则我立刻送你见魔鬼去。

毕　　啊，我的好殿下！

克　　你的女主人呢？凭着裘必脱起誓，你要是再不说，我也不再问你了。阴刁的奸贼，我一定要从你的心里探出这个秘密，否则我要挖破你的心找它出来。她是跟普修默斯在一起吗？从他满身的卑贱之中，找不出一丝可取的地方。

毕　　唉，我的殿下！她怎么会跟他在一起呢？她几时不见了？他是在罗马哩。

克　　她到那儿去了？走近一点儿，别再吞吞吐吐了。明明白白告诉我，她的下落怎么样啦？

毕　　啊，我的大贤大德的殿下！

克　　大奸大恶的狗才！赶快对我说你的女主人在什么地方。一句话，再不要干嚷什么"贤德的殿下"了。说，否则我立刻叫你死。

毕　　那么，殿下，我所知道的关于她的出走的经过，都在这封信上。（以信交克）

克　　让我看看。我要追上她去，不怕一直追到奥古斯脱斯的御座之前。

毕　　（旁白）要是不给他看这封信，我的性命难保。她已经去得很远了；他看了这信的结果，不过让他白白奔波了一趟，对于她是没有什么危险的。

克　　哼！

毕　　（旁白）我要写信去告诉我的主人，说她已经死了。伊慕琴啊！愿你一路平安，无恙归来！

克　　狗才，这信是真的吗？

毕　　殿下，我想是真的。

克　　这是普修默斯的笔迹；我认识的。狗才，要是你愿意弃暗投明，不再做一个恶人，替我尽忠办事，我有什么重要的事情，需要你帮忙的时候，无论叫你干些什么恶事，你都毫不迟疑地替我出力办好，我就会把你当作一个好人；你大爷有的是钱，你不会缺少吃的穿的，升官进级，只消我一句说话。

毕　　呃，我的好殿下。

克　　你愿意替我作事吗？你既然能够一心一意地追随那个穷鬼普修默斯的破落的命运，为了感恩的缘故，我想你一定会成为我的忠勤的仆人的。你愿意替我作事吗？

毕　　殿下，我愿意。

克　　把你的手给我；这儿是我的钱袋。你手边有没有什么你那旧主人留下来的衣服？

毕　　有的，殿下，在我的寓所里，就是他向我的女主人告别的时候所穿的那一套。

克　　你替我做的第一件事，就是把那套衣服拿来。这是你的第一件工作，去吧。

毕　　我就去拿来，殿下。（下）

克　　在密尔福特港相会！——我忘记问他一句话，等会
　　　儿一定记好了，——就在那边，普修默斯你这狗贼，
　　　我要杀死你。我希望这些衣服快些拿来。她有一次
　　　向我说过，——我现在想起了这句话的刻毒，就想
　　　从心里把它呕吐出来，——她说在她看起来，普修
　　　默斯的一件衣服，都要比我这天生高贵的人物，以
　　　及我随身所有的一切美德，更值得她的爱重。我要
　　　穿起这一身衣服奸污她；先当着她的眼前把他杀了，
　　　让她看看我的勇敢，那时她就会痛悔从前不该那样
　　　瞧不起我。他躺在地上，我的辱骂的话向他的尸体
　　　发泄完了，我刚才说过的，为了使她懊恼起见，我
　　　还要穿起这一身受过她这样赞美的衣服，在她的身
　　　上满足我的性欲，然后我就敲呀踢呀地把她赶回到
　　　宫里来。她把我侮辱得好不乐意，我也要快快活活
　　　地报复她一下。

【毕散尼奥持衣服重上。

克　　那些就是他的衣服吗？

毕　　是的，殿下。

克　　她到密尔福特港去了多久了？

毕　　她现在恐怕还没有到哩。

克　　把这身衣服带到我的屋子里去，这是我吩咐你做的
　　　第二件事。第三件事是你必须对我的计划自动保守
　　　秘密。只要尽忠竭力，总会有好处到你身上的。我
　　　现在要到密尔福特港复仇去；但愿我肩上生着翅膀，
　　　让我飞了过去！来，做一个忠心的仆人。（下）

毕　　你叫我抹杀我的良心，因为对你尽忠，我就要变成
　　　一个不忠的人；我的主人是一个正人君子，我怎么
　　　也不愿叛弃他的。到密尔福特去吧，愿你扑了一场
　　　空，找不到你所要追寻的人。上天的祝福啊，尽量
　　　灌注到她的身上吧！但愿这傻子一路上阻碍重重，
　　　让他枉费奔波，劳而无功！（下）

第六场 威尔斯；裴拉律斯山洞前

【伊慕琴男装上。

伊　我现在明白了做一个男人是很麻烦的；我已经精疲力尽，连续两夜把大地当作我的眠床；倘不是我的决心支持着我，我早就病倒了。密尔福特啊，当毕散尼奥在山顶上把你指点给我看的时候，你仿佛就在我的眼底。天哪！难道一个不幸的人，连一块安身之地都不能得到吗？我想他所到之处，就是地面也会从他的脚下逃走的。两个乞丐告诉我我不会迷失我的路径；难道这些可怜的苦人儿，他们自己受着痛苦，明知这是上天对他们的惩罚和磨难，还会向人扯谎吗？是的，富人们也难得讲半句真话，怎么怪得他们？被锦衣玉食汩没了本性，是比因穷困而扯谎更坏的；国王们的诈欺，是比乞丐的假话更可鄙的。我的亲爱的夫啊！你也是一个欺心之辈。现在我一想到你，我的饥饿也忘了，可是就在片刻之前，我已经饿得快要站不起来。咦！这是什么？

这儿还有一条路通到洞口；它大概是野人的巢窟。
我还是不要叫喊，我不敢叫喊；可是饥饿在没有使
人完全失去知觉以前是会提起人的勇气的。升平富
足的盛世徒然养成一批懦夫，困苦永远是坚强之母。
喂！有人吗？要是里面住着文明的人类，回答我吧；
假如是野人的话，我也要向他们夺取或是告借一些
食物。喂！没有回答吗？那么我就进去。最好还是
拔出我的剑；万一我的敌人也像我一样见了剑就害
怕，他会瞧都不敢瞧它的。好天啊，但愿我所遇到
的是这样一个敌人！（进入洞中）

【裴拉律斯，基特律斯，及阿维雷格斯上。

裴   你，坡力陀儿，已经证明是我们中间最好的猎人；
你是我们餐席上的主人，凯特华尔跟我将要充一下
厨役和侍仆，这是我们预先约定的；劳力的汗只是
为了它所期望的目的而干涸。来，我们空虚的肚子
将会使平淡的食物变成可口；疲倦的旅人能够在坚
硬的山石上沉沉鼾睡，终日偃卧的懒汉却嫌绒毛的

枕头太硬。愿平安降临于此，可怜的没有人照管的屋子！

基 我乏得一点气力都没有了。

阿 我虽然因疲劳而乏力，胃口倒是非常之好。

基 洞里有的是冷肉；让我们一面嚼着充饥，一面烹煮我们今天打来的野味。

裴 （向洞中窥望）且慢；不要进去。倘不是他在吃着我们的东西，我一定会当他是个神仙。

基 什么事，父亲？

裴 凭着裘必脱起誓，一个天使！要不然的话，也是一个人间绝世的美少年！瞧这样天神般的姿容，却还只是一个年轻的孩子！

【伊慕琴重上。

伊 好朋友们，不要伤害我。我在走进这里来以前，曾经叫喊过；我本来是想问你们讨一些或是买一些食物的。真的，我没有偷了什么，即使地上散满金子，我也不愿拾取。这儿是我吃了你们的肉的钱；我本来想在吃过以后，把它留在食桌上，再替这里的主人作过感谢的祷告，然后出来的。

基 钱吗，孩子？

阿 让一切金银化为尘土吧！只有崇拜污秽的邪神的人才会把它们看重。

伊 我看你们在发怒了。假如你们因为我干了这样的错事而杀死我，你们要知道，我不这么干也早就不能活命啦。

裴 你要到什么地方去？

伊 到密尔福特港。

裴 你叫什么名字？

伊 我叫斐苔尔，老伯。我有一个亲戚，他要到意大利去；他在密尔福特上船；我现在就要到他那儿去，因为走了许多路，肚子饿得没有办法，才犯下了这样的过失。

裴 美貌的少年，请你不要把我们当作山野的伧夫。也不要凭着我们所住的这一个粗陋的居处，错估了我们善良的心性。欢迎！天快要黑了；你应该休养休养你的精神，然后动身赶路，请就在这里住下来，陪我们一块儿吃些东西吧。孩子们，你们也欢迎欢迎他。

基　假如你是一个女人，兄弟，我一定向你努力追求，非让我做你的新郎不可。说老实话，我要出最高的代价把你买到。

阿　我要因为他是个男子而感到快慰；我愿意爱他像我的兄弟一样。正像欢迎一个久别重逢的亲人，我欢迎你！快活起来吧，因为你是在朋友的中间。

伊　在朋友的中间，也是在兄弟的中间。（旁白）但愿他们果然是我父亲的儿子，那么我的身价多少可以减轻一些，普修默斯啊，你我之间的鸿沟，也不至于这样悬隔了。

裴　他有些什么痛苦，在那儿愁眉不展呢？

基　但愿我能够替他解除！

阿　我也但愿能够替他解除，不管他有些什么痛苦，不管那需要多少的劳力，冒多大的危险。神啊！

裴　听着，孩子们。（耳语）

伊　高人隐士，他们潜居在并不比这洞窟更大的斗室之内，洁身自好，与世无争，保持他们纯洁的德性，把世俗的过眼荣华置之不顾，这样的人果然可敬，但是还不及这两个少年质朴得可爱。恕我，神啊！
既然利昂那脱斯这样薄情无义，我要变一个男子和
他们作伴。

裴　　就是这样吧。孩子们，我们去把猎物烹煮起来。美貌
的少年，进来。肚子饿着的时候，谈话是很乏力的；
等我们吃过晚餐，我们就要详细询问你的身世，要
是你愿意告诉我们的话。

基　　请过来吧。

阿　　鸥枭对于黑夜，云雀对于清晨，也不及我们对你的
欢迎。

伊　　谢谢，大哥。

阿　　请过来吧。（同下）

第七场　罗马；广场

【二元老及众护民官上。

元老甲　　皇上有旨：本国平民方今正在讨伐巴诺尼亚人和达

　　　　　尔迈西亚人的叛乱，目前驻屯伽利亚的军团，实力

　　　　　薄弱，不够膺惩贰心的不列颠人，所以传谕全国士绅，

　　　　　一体踊跃从征。他晋封琉歇斯为执政长官；全权委

　　　　　任你们各位护民官负责立即征募兵员。该撒万岁！

护民官甲　琉歇斯是全军的主将吗？

元老乙　　是的。

护民官甲　他现在还在伽利亚吗？

元老甲　　带领着我刚才所说的那几个军团，正在等候着你们

　　　　　征募的兵队前去补充。在你们的委任状上，写明着

　　　　　需要的兵额和他们开拔的限期。

护民官甲　我们敢不履行我们的责任。（同下）

第四幕

我的欺诈正是我的忠诚，为了尽忠的缘故，我才掉下漫天的大诳。

第一场　威尔斯；裴拉律斯山洞

附近森林

【克洛登上。

克　要是毕散尼奥指示我的方向没有错误，那么这儿离
　　开他们约会的地点应该不远了。他的衣服我穿着多
　　么合身！既然穿得上他的衣服，为什么配不上他的
　　爱人呢？她不是跟他的裁缝一样，都是上帝造下的
　　生物吗？我敢老实对自己说一句话，——因为一个
　　人在自己房间里照照镜子是算不得虚荣的，——我
　　的意思是说，我的全身的线条正像他一样秀美；差
　　不多的年青，讲身体我比他结实，讲命运我不比他
　　坏，讲眼前的地位他不及我，讲出身他没有我的高
　　贵；我们同样通晓一般的庶务，可是在单人决斗的
　　时候，我是比他更了得的；然而这个不识好坏的丫
　　头偏偏丢下了我去爱他！人类真是莫名其妙的东
　　西！普修默斯，你的头现在还长在你的肩膀上，一

小时之内，它就要掉下来了；你的爱人要被我强奸，你的衣服要当着你的面前裂成片片；等到一切完毕以后，我要把她踢回家去见她的父亲，她的父亲见我用这种粗暴的手段对待他的女儿，也许会有一点儿生气，可是我的母亲是能够控制他的脾气的，到后来还是我得到一切的赞美。我的马儿已经拴好；出来，宝剑，去饮仇人的血吧！命运之神啊，愿你让他们落在我的手里！这儿正是他所描写的他们约会的地点；那家伙想来不敢骗我。（下）

第二场　裴拉律斯山洞之前

【裴拉律斯，基特律斯，阿维雷格斯，及伊慕琴自洞中上。

裴　　（向伊）你身子不大舒服，还是留在洞里；我们打猎过后就来看你。

阿　　（向伊）兄弟，安心住着吧；我们不是兄弟吗？

伊　　人们本来应该像兄弟一般彼此亲爱；可是黏土也有贵贱的区分，虽然它们本身都是同样的泥块。我病得很难过。

基　　你们去打猎吧；我来陪着他。

伊　　我没有什么大病，就是有点儿不舒服；可是我还不像那些娇生惯养的公子哥儿一般，没有病就装出一副快要死了的神气。所以请你们让我一个人留着吧；不要放弃了你们每日的工作；破坏习惯就是破坏一切。我虽然有病，你们陪着我也于事无补；对于一个耽好孤寂的人，伴侣并不是一种安慰。我的病不算利害，因为我还能对它大发议论。请你们信任我，让我留在这儿吧；除了我自己以外，我是什么也不要偷窃的，我只希望一个人偷偷儿地死去。

基　　我爱你；我已经说过了；我对你的爱的分量，正像我爱我的父亲一样。

裴　　咦！怎么！怎么！

阿　　要是说这样的话是罪恶，父亲，那么这不单是我哥哥一人的过失。我不知道我为什么爱这个少年；我曾经听见您说，爱的理由是没有理由的。假如柩车停在门口，有人问我应该让谁先死，我会说，"让我的父亲死，让这少年活着吧。"

裴　　（旁白）啊，高贵的气质！优越的天赋！伟大的胚胎！懦怯的父亲只会生懦怯的儿子，卑贱的事物出于卑贱。有谷实也就有糠麸，有猥琐的小人，也就有倜傥的豪杰。我不是他们的父亲；可是这少年不知究竟是什么人，却会造成这样的奇迹，使他们爱他胜于爱我。现在是早上九点钟了。

阿　　兄弟，再会！

伊　　愿你们满载而归！

阿　　愿你恢复健康！请吧，父亲。

伊　　（旁白）这些都是很善良的人。神啊，我听到一些
　　　怎样的诳话！我们宫庭里的人说在宫庭以外，一切
　　　都是野蛮的；经验啊，你证实传闻的虚伪了。庄严
　　　的大海产生蛟龙和鲸鲵，清浅的小河里只有一些供
　　　鼎俎的美味的鱼虾。我还是觉得不舒服，心口上一
　　　阵阵的难过。毕散尼奥，我现在要尝试一下你的灵
　　　药了。（吞药）

基　　我不能鼓起他的精神来。他说他是良家之子，遭逢
　　　不幸，忠实待人，却受到人家的欺骗。

阿　　他也是这样回答我；可是他说以后我也许可以多知
　　　道一些。

裴　　到猎场上去，到猎场上去！（向伊）我们暂时离开
　　　你一会儿；进去安息安息吧。

阿　　我们不会去得长久的。

裴　　请你不要害病，因为你必须做我们的管家妇。

伊　　不论有病无病，我永远感念你们的好意。（下）

裴　　这孩子虽然在困苦之中，看来他是有很好的祖先的。

阿　　他唱得多么像个天使！

基　　可是他的烹饪的手段多么精巧！他把菜根切得整整
　　　齐齐；他调煮我们的羹汤，就像天后朱诺害病的时
　　　候，他曾经伺候过她的饮食一样。

阿　　他用非常高雅的姿态，把一声叹息配合着一个微笑：
　　　那叹息似乎在表示自恨它不能成为这样一个微笑，
　　　那微笑却在讥讽那叹息，怪它从这样神圣的殿堂里
　　　飞了出来，去和被水手们詈骂的风儿混杂在一起。

基　　我注意到悲哀和忍耐在他的心头长着根，彼此互相
　　　纠结。

阿　　长大起来，忍耐！让那老朽的悲哀在你那繁盛的藤
　　　蔓之下解开它的枯萎的败根吧！

裴　　已经是大白天了。来，我们去吧！——那边是谁？

【克洛登上。

克　　我找不到那亡命之徒；那狗才骗了我。我好疲乏！

裴　　"那亡命之徒！"他说的是不是我们？我有点儿认
　　　识他；这是克洛登，王后的儿子。我怕有什么埋伏。
　　　我好多年没有看见他了，可是我认识这是他。人家

把我们当作匪徒，我们还是避一避开吧。

基　　他只有一个人。您跟我的弟弟去望望有没有什么人
　　　在过来；你们去吧，让我独自对付他。（裴、阿同下）

克　　且慢！你们是些什么人，见了我就这样转身逃走？
　　　是啸聚山林的匪徒吗？我曾经听见说起过你们这种
　　　家伙。你是个什么奴才？

基　　人家骂我奴才，我要是不把他打歪了嘴巴，那我才
　　　是个不中用的奴才。

克　　你是个强盗，破坏法律的匪徒。赶快投降，贼子！

基　　向谁投降？向你吗？你是什么人？我的臂膀不及你
　　　的粗吗？我的胆气不及你的壮吗？我承认我不像你
　　　这样爱说大话，因为我并不把我的刀子藏在我的嘴
　　　里。说，你是什么人，为什么我要向你投降？

克　　你这下贱的贼奴，你不能从我的衣服上认识我吗？

基　　不，恶棍，我也不认识你的裁缝；他是你的祖父，他
　　　替你做下了这身衣服，让你像一个人的样子。

克　　好一个利嘴的奴才，我的裁缝并没有替我做下这身
　　　衣服。

基　　好，那么谢谢那舍给你穿的施主吧。你是个傻瓜；打

你也嫌污了我的手。

克　你这出口伤人的贼子，你只要一听我的名字，你就
　　发起抖来了。

基　你叫什么名字？

克　克洛登，你这恶贼。

基　你这恶透了的恶贼，原来你的名字就叫克洛登，那
　　可不能使我发抖；假如你叫虾蟆，毒蛇，蜘蛛，那
　　我倒也许还有几分害怕。

克　让我叫你听了格外害怕，嘿，我要叫你吓得发呆，告
　　诉你吧，我就是当今王后的儿子。

基　我很失望，你的样子不像你的出身那么高贵。

克　你不怕吗？

基　我只怕那些我所尊敬的聪明人；对于傻瓜们我只有
　　一笑置之，不知道他们有什么可怕。

克　过来领死。等我亲手杀死了你以后，我还要追上刚
　　才逃走的那两个家伙，把你们的首级悬挂在国门之
　　上。投降吧，粗野的山贼！（且斗且下）

【裴拉律斯及阿维雷格斯重上。

裴　　不见有什么人。

阿　　一个人也没有。您准是认错人啦。

裴　　那我可不能说；我已经好久不看见他了，可是岁月
　　　还没有模糊了他当年脸上的轮廓；那断续的音调，
　　　那冲口而出的言语，都正像是他。我相信这人一定
　　　就是克洛登。

阿　　我们是在这地方离开他们的。我希望哥哥给他一顿
　　　好好的教训；您说他是非常凶恶的。

裴　　我说，他还没有像一个人，什么恐惧他都一点儿不
　　　知道；因为一个浑浑噩噩的家伙，往往胆大妄为，
　　　毫无忌惮。可是瞧，你的哥哥。

【基特律斯提克洛登首级重上。

基　　这克洛登是个傻瓜，一只不名一文的空空的钱袋。
　　　即使赫邱利斯也砸不出他的脑子来，因为他根本是
　　　没有脑子的。可是我要是不干这样的事，我的头也
　　　要给这傻瓜拿下来，正像我现在提着他的头一样了。

裴　你干了什么事啦？

基　我明白我自己所干的事；我不过砍下了一个克洛登
　　的头颅，据他自己所说，他是王后的儿子；他骂我
　　反贼，山林里的匪徒，发誓要凭着他单人独臂的力
　　量，把我们一网捕获，还要从我们的脖子上——感
　　谢天神！——搬下我们的头颅，把它们悬挂在国门
　　上示众。

裴　我们全都完了。

基　嗳哟，好爸爸，我们除了他所发誓要取去的我们的
　　生命以外，还有什么可以失去的？法律并不保护我
　　们；那么我们为什么向人示弱，让一个妄自尊大的
　　家伙威吓我们，因为我们害怕法律，他就居然做起
　　我们的法官和刽子手来？你们在路上望见有什么人
　　来吗？

裴　我们一个人也望不见；可是我们有绝对充分的理由
　　相信他一定是带着随从来的。他的脾气固然是轻浮
　　善变，往往从一件坏事摇身一转，就转到一件更大
　　的坏事；可是除非全然发了疯，他决不会一个人到
　　这儿来。虽然宫庭里也许听到这样的消息，说是有

我们这样的人在这儿穴居行猎，都是一些化外的匪徒，也许渐渐儿有扩展势力的危险；他听见了这样的话，正像他平日的为人一样，就自告奋勇，发誓要把我们捉住；然而他未必就会独自前来，他自己固然没有这样的胆量，他们也不会这样答应他。所以我们要是害怕他的身体上有一条比他的头更危险的尾巴，这样的害怕并不是没有根据的。

阿　让一切依照着天神的旨意吧；可是我的哥哥干得不错。

裴　今天我没有心思打猎；斐苔尔那孩子的病，使我觉得仿佛道路格外悠长似的。

基　他挥舞他的剑，对准我的咽喉挺了过来，我一伸手就把它夺下，用他自己的剑割下他的头颅。我要把它丢在我们山崖后面的溪涧里，让溪水把它冲到海里，告诉鱼儿们他是王后的儿子克洛登。别的我什么都不管。（下）

裴　我怕他们会来报复。坡力陀儿，你要是不干这件事多好！虽然你的勇敢对于你是十分相称的。

阿　但愿我干下这样的事，让他们向我一个人报复！坡力陀儿，我用兄弟的至情爱着你，可是我很妒嫉你夺去了我这样一个机会。我希望复仇的人马会来寻到我们，让我们尽我们所有的力气，跟他们较量一下。

裴　好，事情已经这样干下了。我们今天不用再打猎，也不必去追寻无益的危险。你先回到山洞里去，和斐苔尔两人把食物烹煮起来；我在这儿等候卤莽的坡力陀儿回来，就同他来吃饭。

阿　可怜的有病的斐苔尔！我巴不得立刻就去见他；为了增加他的血色，我愿意放尽千百个像克洛登这样家伙的血，还要称赞自己的心肠慈善哩。（下）

裴　你神圣的造化女神啊！你在这两个王子的身上多么神奇地表现了你自己！他们是像微风一般温柔，在紫罗兰花下轻轻拂过，不敢惊动那芬芳的花瓣；可是他们高贵的血液受到激怒以后，就会像最粗暴的狂风一般凶猛，他们的威力可以拔起岭表的松柏，使它向山谷弯腰。奇怪的是一种无形的本能居然会在他们身上构成不学而得的尊严，不教而具的正直，他们的文雅不是范法他人，他们的勇敢苗长在他们自己的心中，就像不曾下过耕耘的工夫，却得到了丰盛的收获一般！可是我总想不透克洛登到这儿来对于我们究竟预兆着什么，也不知道他的一死将会引起怎样的后果。

【基特律斯重上。

基　　我的弟弟呢？我已经把克洛登的骷髅丢下水里，叫他向他的母亲传话去了；他的身体暂时留下，作为抵押，等他回来向我们复命。（内奏哀乐）

裴　　我的心爱的乐器！听！坡力陀儿，它在响着呢；可是凯特华尔现在为什么要把它弹奏起来？听！

基　　他在家里吗？

裴　　他就是刚才回去的。

基　　他是什么意思？自从我的最亲爱的母亲死了以后，它还不曾发过声响。一切严肃的事物，是应该适用于严肃的情境之下的。怎么一回事？无事而狂欢，和为了打碎玩物而痛哭，这是猴子的喜乐和小儿的悲哀。凯特华尔疯了吗？

【阿维雷格斯抱伊慕琴重上，伊慕琴状如已死。

裴　　瞧！他来了，他手里抱着的，正是我们刚才责怪他
　　　无事兴哀的原因。

阿　　我们所千般怜惜万般珍爱的鸟儿已经死了。早知会
　　　看见这种惨事，我宁愿从二八的韶年跳到花甲的
　　　颓龄，从一个嬉笑跳跃的顽童变成一个扶杖蹒跚
　　　的老翁。

基　　啊，最芬芳最娇美的百合花！我的弟弟替你簪在襟
　　　上的这一朵，远不及你自己长成得那么一半的秀丽。

裴　　悲哀啊！谁能测度你的底层呢？谁知道那一处海港
　　　是最适合于你的滞重的船只碇泊的所在？你有福的
　　　人儿！乔武知道你会长成一个怎样的男子；可是你
　　　现在死了，我只知道你是一个充满着忧郁的人间绝
　　　世的少年。你怎样发现他的？

阿　　我发现他全身僵硬，就像你们现在所看见的一样。他
　　　的脸上荡漾着微笑，仿佛他没有受到死神的箭镞，
　　　只是有一头苍蝇在他的熟睡之中爬上他的唇边，逗
　　　得他痒痒地笑了起来一般。他的右颊偎贴在一个坐
　　　垫的上面。

基　在什么地方？

阿　就在地上，他的两臂这样交叉在胸前。我还以为他睡了，把我的钉鞋脱了下来，恐怕我的粗笨的脚步声会吵醒了他。

基　啊，他不过是睡着了。要是他真的去了，他将要把他的坟墓作为他的眠床；仙女们将要在他的墓前徘徊，蛆虫不会侵犯他的身体。

阿　当夏天尚未消逝，我还没有远去的时候，斐苔尔，我要用最美丽的鲜花装饰你的凄凉的坟墓；你不会缺少像你脸庞一样惨白的樱草花，也不会缺少像你血管一样蔚蓝的风信子，不，你也不会缺少野蔷薇的花瓣，不是对它侮蔑，它的香气还不及你的呼吸芬芳；红胸的知更鸟将会衔着这些花朵送到你的墓前，羞死那些承继了巨大的遗产，忘记为他们的先人树立墓碑的不孝的子孙；是的，当百花凋谢的时候，我还要用茸茸的苍苔，掩覆你的寒冷的尸体。

基　好了好了，不要一味讲这种女孩子气的说话，耽误我们严重的正事了。让我们停止了嗟叹，赶快把他安葬，这也是我们应尽的一桩义务。到墓地上去！

阿　说，我们应该把他葬在什么地方？

基　就在我们母亲的一旁吧。

阿　很好。坡力陀儿，虽然我们的喉咙现在已经变了声，让我们用歌唱送他入土，就像当年我们的母亲下葬的时候一样吧；我们可以用同样的曲调和字句，只要把尤莉斐儿的名字换了斐苔尔就得啦。

基　凯特华尔，我不能唱歌；让我一边流泪，一边和着你朗诵我们的挽歌；因为不合调的悲歌，是比说诳的教士和僧侣更可憎的。

阿　那么就让我们朗诵吧。

裴　看来重大的悲哀是会解除轻微的不幸的，因为你们把克洛登全然忘了。孩子们，他曾经是一个王后的儿子，虽然他来向我们挑衅，记着他已经付下他的代价；虽然贵贱一体，同归朽腐，可是为了礼貌的关系，我们应该对他的身分和地位表示相当的敬意。我们的敌人总算是一个王子，虽然你因为他是我们的敌人而把他杀死，可是让我们按照一个王子的身分把他埋葬了吧。

基　那么就请您去把他的尸体搬来。贵人也好，贱人也好，死了以后，剩下的反正都是一副同样的臭皮囊。

阿　　要是您愿意去的话，我们就趁着这时候朗诵我们的
　　　　歌儿。哥哥，你先来。（裴下）

基　　不，凯特华尔，我们必须把他的头安在东方；这是
　　　　我父亲的意思，他有他的理由。

阿　　不错。

基　　那么来，把他放下去。

阿　　好，开始吧。

基　　"不用再怕骄阳晒蒸，

　　　　不用再怕寒风凛冽；

　　　　世间工作你已完成，

　　　　领了工资回家安息。

　　　　才子娇娃同归泉壤，

　　　　正像扫烟囱人一样。

阿　　"不用再怕贵人嗔怒，

　　　　你已超脱暴君威力；

　　　　无须再为衣食忧虑；

　　　　芦苇橡树了无区别。

　　　　健儿身手，学士心灵，

帝王蝼蚁同化埃尘。

基　　"不用再怕闪电光亮，

阿　　不用再怕雷霆暴作；

基　　何须畏惧谗人诽谤，

阿　　你已阅尽世间忧乐。

基　　无限尘寰痴男怨女，

阿　　人天一别，埋愁黄土。"

基　　"没有巫师把你惊动！

阿　　没有符咒扰你魂魄！

基　　野鬼游魂远离坟冢！

阿　　狐兔不来侵你骸骨！

基　　瞑目安眠，归于寂灭；

阿　　墓草长新，永留追忆！"

【裴拉律斯曳克洛登尸体重上。

基　　我们已经完毕我们的葬礼。来，把他放下去。

裴　　这儿略有几朵花，可是在午夜的时候，将有更多的
　　　花儿开放。沾濡着晚间凉露的草花，是最适宜于撒

在坟墓上的；在它们的泪颜之间，你们就像两朵凋零的花卉，暗示着它们同样的命运。来，我们去吧；让我们向他们长跪辞别。大地产生了他们，现在他们已经重新投入大地的怀抱；他们的快乐和痛苦都已成为过去了。（裴、基、阿同下）

伊　（醒）是的，先生，到密尔福特港是怎么走的？谢谢您啦。打那边的林子里过去吗？请问还有多少路？嗳哟！还有六哩吗？我已经走了整整一夜了。真的，我要躺下来睡一忽儿。（见克尸）可是且慢！我可不要跟人家睡在一起！天上的男女神明啊！这些花就像是人世的欢乐，这个流血的汉子是忧愁烦恼的象征。我希望我在做梦；因为我仿佛自己是一个看守山洞的人，替一些诚实的人们烹煮食物。可是不会有这样的事，这不过是脑筋里虚构出来的无中生有的幻象；我们的眼睛有时也像我们的判断一般靠不住。真的，我还是在害怕得发抖。要是天上还剩留着仅仅像麻雀眼睛一般大小的一点点儿的慈悲，敬畏的神明啊，求你们赐给我一部分吧！这梦仍然在这儿；虽然在我醒来的时候，它还是围绕在我的周遭，盘踞在我的心头；并不是想像，却是有实感的。一个没有头的男子！普修默斯的衣服！我知道他的两腿的肥瘦，这是他的手，他的迈邱利一般敏捷的脚，他的马斯一股威武的股肉，赫邱利斯一般雄壮的筋骨，可是他的乔武一般神圣的脸呢？天上也有谋杀案了吗？怎么！它已经失去了！毕散尼奥，愿疯狂的赫邱琶向希腊人所发的一切咒诅；再加上我自己的咒诅，完全投射在你身上！是你和那个目无法纪的恶魔克洛登同谋设计，在这儿伤害了我丈夫的生命。从此以后，让读书和写字都被认为不可恕的罪恶吧！万恶的毕散尼奥已经用他假造的书信，从这一艘全世界最雄伟的船舶上击倒它的主要的桅樯了！啊，普修默斯！唉！你的头呢？它到那儿去了？嗳哟！它到那儿去了？毕散尼奥可以从你的心口把你刺死，让你保留着这颗头的。你怎么会下这样的毒手呢，毕散尼奥？那是他和克洛登，他们的恶意和贪心，造成了这样的惨剧。啊！这是很可能的，很可能的！他给我的药，他说是可以兴奋我的精神的，我不是一服下去就失了知觉吗？那

完全证实了我的推测；这是毕散尼奥和克洛登两人

干下的事。啊！让我用你的血涂在我惨白的颊上，

使它添加一些颜色，万一有什么人看见我们，我们

可以显得格外可怕。啊！我的夫！我的夫！（仆于

尸体之上）

【琉歇斯，一将领，其他军官，及一预言者上。

将领　　驻在伽利亚的军队已经遵照您的命令，渡海前来，

　　　　到了密尔福特港，听候您的指挥；他们一切都已准

　　　　备好了。

琉　　　可是罗马有没有援兵到来？

将领　　元老院已经征发意大利全国的绅士，他们都是很奋

　　　　勇的人，一定可以建立赫赫的功勋；他们的首领是

　　　　勇敢的埃契摩，西也那的兄弟。

琉　　　你知道他们什么时候可以到来？

将领　　只要有顺风，他们随时可以到来。

琉　　　这样敏捷的行动，加强了我们必胜的希望。传令各

　　　　将领，把我们目前所有的队伍集合起来。现在，先

生，告诉我你近来有没有什么关于这一次战事前途的梦兆？

预言者　我曾经斋戒祈祷，求神明垂告吉凶，昨晚果然蒙他们赐给我一个梦兆：我看见乔武的鸟儿，那头罗马的神鹰，从潮湿的南方飞向西方，消失在阳光之中；要是我的罪恶没有使我的推测成为错误，那么这分明预示着罗马大军的胜利。

琉　梦兆是从不会骗人的。且慢，呀！那儿来的这一个没有头的身体？从这一堆残迹上看起来，它过去曾经是一座壮丽的屋宇。怎么！一个童儿！还是死了？还是睡着在这尸体的上面？多分还是死了，因为和死人同眠，毕竟是一件不近人情的事。让我们瞧瞧这孩子的脸孔。

将领　他还活着哩，主帅。

琉　那么他必须向我们解释这尸体的来历。孩子，告诉我们你的身世，因为它好像在切望着人家的究问。被你枕卧在他的血泊之中的这一个尸体是什么人？造化塑下了那么一个美好的形象，他却把它毁坏得这般难看。你和这不幸的死者有什么关系？他怎么会在这儿？究竟是什么人？你是一个何等之人？

伊　　我是一个不足挂齿的人物；要是世上没有我这个人，那才更好。这是我的主人，一个非常勇敢而善良的英国人，被山贼们杀死在这儿。唉！再也不会有这样的主人了！我可以从东方漂泊到西方，高声叫喊，招寻一个愿意我为他服役的人；我可以更换许多的主人，也许他们全都是很好的，我也为他们尽忠做事；可是这样一个主人是再也找不到的了！

琉　　唉，好孩子！你的哀诉打动我的心，不下于你的流血的主人。告诉我他的名字，好朋友。

伊　　理查德·杜襄。（旁白）我捏造了一句无害的谎话，虽然为神明所听见，我希望他们会原谅我的。——您说什么，大帅？

琉　　你的名字呢？

伊　　斐苔尔，大帅。

琉　　这是一个很好的名字。你已经证明你自己是一个忠心的孩子，愿意在我手下试一试你的机会吗？我不愿说你将要得到一个同样好的主人，可是我担保你一定可以享受同样的爱宠。即使罗马皇帝亲自写了保荐的信，叫一个执政送来给我，这样天大的面子，也不及你本身的价值更能促起我的注意。跟我去吧。

伊　我愿意跟随您，大帅，可是我还先要用这柄不中用的锄头，要是天神嘉许的话，替我的主人掘一个坑掩埋了，免得他受飞蝇的滋扰；当我把木叶和野草撒在他的坟上，反复默念了一二百遍祈祷以后，我要悲泣长叹，尽我这一点最后的主仆之情，然后我就死心塌地跟随您去，要是您愿意收容我的话。

琉　嗯，好孩子，我将要不仅是你的主人，而且还要做你的父亲。朋友们，这孩子已经指示我们男子汉的责任；让我们找一块雏菊开得最可爱的土地，用我们的戈矛替他掘一个坟墓；来，我们还要替他披上戎装。孩子，他是因为你的缘故而得到我们的优礼的，我们将要按照军人的仪式把他安葬。高兴起来；揩干你的眼睛：说不定一交会使你跌入青云。（同下）

第三场 辛白林宫中一室

【辛白林，群臣，毕散尼奥，及侍从等上。

辛　再去替我问问她现在怎样了。(一从者下)因为她的儿子的失踪，急成一病，疯疯颠颠的，恐怕性命不保。天哪！你在一时之间给了我多少难堪的痛楚！伊慕琴走了，我已经失去大部分的安慰；我的王后病在垂危，偏偏又碰在战祸临头的时候；她的儿子又是迟不迟早不早的，在这人家万分需要他的当儿突然不知去向；这一切打击着我，把我驱到了绝望的境地。可是你，家伙，你不会不知道她的出走，却装出这一副漠无所知的神气，我要用严刑逼着你招供出来。

毕　陛下，我的生命是属于您的，该杀该剐，都随陛下的便；可是说到公主，我实在不知道她在什么地方，为什么出走，也不知道她准备什么时候回来。求陛下明鉴，我是您的忠实的奴仆。

甲臣　陛下，公主失踪的那一天，他是在这儿的；我敢保证他的忠实，相信他一定会尽心竭力，履行他的臣仆的责任。至于克洛登，我们已经派人各处加紧搜寻去了，不久一定会找到的。

辛　　这真是多事之秋。（向毕）我暂时放过你，可是我对你的怀疑还不能就此消失。

甲臣　启禀陛下，从伽利亚抽调的罗马军队，还有一批由他们元老院派遣的绅士军作为后援，已经在我国海岸上登陆了。

辛　　但愿我的儿子和王后在我跟前，我可以跟他们商量商量！这些事情简直把我搅呆了。

甲臣　陛下，您所已经准备好的实力，对付这样数目的敌人是绰绰有余的；即使来得再多一些，我们也可以抵挡得了；只要一声令下，这些渴望着一显身手的军队立刻就可以行动起来。

辛　　我谢谢你的良言。让我们退下去筹谋应付时局的方策。我所担心的，倒不是意大利将会给我们一些怎样的烦恼，而是这儿国内不知道会发生一些怎样的变故。去吧！（除毕外均下）

毕　　　自从我写信告诉我的主人伊慕琴已经被我杀死以后，至今没有得到他的来信，这真有点儿奇怪；我的女主人答应时常跟我通讯，可是我也没有听到过她的消息；克洛登的下落如何，更是一点儿不知道；一切对于我都是一个疑团，上天的意旨永远是不可捉摸的。我的欺诈正是我的忠诚，为了尽忠的缘故，我才掉下漫天的大谎。当前的战争将会证明我爱我的国家，我要使王上明白我的赤心，否则宁愿死在敌人的剑下。种种的疑惑到头来总会发现真相；失舵的船只有时也会安然抵港。（下）

第四场　威尔斯；裴拉律斯山洞前

【裴拉律斯，基特律斯，及阿维雷格斯同上。

基　这些喧呼的声音就在我们的四周。

裴　让我们远远避开它。

阿　父亲，我们要是屏绝行动和进取的雄心，把生命这样幽锢起来，人生还有什么乐趣呢？

基　对啊，我们让自己躲藏在山谷里，这一辈子还有什么希望？罗马人一定会打这条路上过来，他们倘不因为我们是英国人而杀死我们，就是把我们当作一群野蛮无耻的叛徒，暂时把我们收留下来，等到用不到我们的时候，再把我们杀死。

裴　孩子们，让我们到山上高一点儿的地方去，那边比较安全一些。国王的军队我们是不能参加的；克洛登死得不久，他们看我们都是一些面貌生疏的人，又不曾编入队伍，也许会查问我们的住处，万一我们所干的事被他们追究出来，那我们免不了要在严刑拷掠之下死于非命。

基　　父亲，在这样的时候担起这种心事来，您也太不够
　　　　汉子了；听了您这样的话，我们是大不满意的。

阿　　他们听见敌人军马的长嘶，望见敌人营舍的火光，他
　　　　们的耳目都凝集在敌人的行动上；在这样军情万急
　　　　的时侯，他们还会浪费他们的时间注意我们，查问
　　　　我们的来历吗？

裴　　啊！军队里有好多人认识我；就说克洛登吧，当初
　　　　他还不过是个孩子，可是多年的暌隔，并没有使我
　　　　忘记了他的容貌。而且这国王也不值得我的效力和
　　　　你们的爱戴；因为我被他放逐了，你们才不能享受
　　　　良好的教养，不得不到这儿来度着艰苦的生活，永
　　　　远剥夺了你们孩提时代的幸福，夏天被太阳晒成了
　　　　黑娃娃儿，冬天冷得躲在角落里发抖。

基　　与其这样活着，还是死了的好。求求您，父亲，让
　　　　我们到军队里去吧。谁也不认识我们兄弟两人；您
　　　　自己早已被人忘了，您的模样也早已跟二十年前的
　　　　您大不相同，人家决不会来向您寻根究底的。

阿　　凭着这一轮光明的太阳发誓，我一定要去。这还成
　　　　什么话，不曾看见一个人在我的面前死去！除了胆

小的野兔，性急的山羊，和柔弱的麋鹿以外，简直
不曾见过一滴血！也不曾装上靴距，正正式式骑过
一回马儿！望着神圣的太阳，我就觉得心中惭愧，
徒然沐浴他的温暖的光辉，却不能轰轰烈烈干一番
事业，老是在山野之间做一个碌碌无名之辈。

基 苍天在上，我也要去！父亲，要是您允许我，愿意
为我祝福的话，我一定自己格外小心；不然的话，
让我死在罗马人的手里吧。

阿 我也是这样说，阿们。

裴 既然你们把自己的生命这样看轻，我也没有理由爱
惜我这衰朽的身躯。我跟你们去吧，孩子们！万一
你们为了祖国而战死疆场，那也就是我埋骨的地方。
你们带路吧。（旁白）时间仿佛是这样悠长；他们
的热血在心头奔涌，要向人显示他们是天生的龙种。

（同下）

第五幕

两个孩子，一个老人，
一条狭路，英国人的救
星，罗马人的灾祸。

第一场 英国；罗马军营地

【普修默斯持血帕上。

普　是的，血污的布片，我要把你保藏起来，因为是我
　　的意思让你染上这种颜色。已婚的男子们啊，要是
　　你们每一个人都采取这样的手段，那么多少人将要
　　杀害了远比他们自己无罪的妻子，只因为她们一时
　　小小的失足！啊，毕散尼奥！良好的仆人并不全然
　　服从主人的命令；那命令如其是荒谬狂悖的，他就
　　没有履行的义务。神啊！要是你们早一些谴罚我的
　　罪恶，我决不会活到现在，干下这样的行为；尊贵
　　的伊慕琴也可以不至于惨死，让她有忏悔的机会；
　　只有我这恶人才应该受你们雷霆的怒击。可是唉！
　　有的人犯了小小的过失，你们就把他攫了去，这是
　　你们的好意，使他以后不再堕落；有的人你们却放
　　任他为非作恶，每一次的罪过比前一次更重，使他
　　对自己的行为恐惧。可是伊慕琴是你们的，照你们
　　的意旨执行，让我服从你们而得福吧。我跟着意大

利的绅士们到这儿来，向我的妻子的国家作战；不列颠，我已经杀死你最好的女郎，再不愿伤害你了！仁慈的上天啊，垂听我的意见：我要脱下这些意大利的装束，穿上一身英国农民的衣服；我要掉转剑头，为我的祖国而战；伊慕琴啊！我要为你而死，虽然你已经使我的生命的每一次呼吸等于一次死亡；我要像这样隐藏我的真相，没有人怜悯也没有人憎恨，拼着这一身去迎受一切的危险。让我使人们知道，在我这卑贱的服装之内，是藏着极大的勇敢的。神啊！求你们把利昂那脱斯家先世的神威注入我的全身！为了羞辱世间的伪装，我要自创先例，让内心的真价胜过外表的寒伧。（下·）

第二场 两军营地间的战场

【琉歇斯，埃契摩，及罗马军队自一门上；英国军队
自另一门上，普修默斯穿敌服扮穷兵随上。两军整队
穿过舞台，各下。号角声。埃契摩及普修默斯二人重
上，接战；普修默斯击败埃契摩，褫其武装；普下。

埃　　重压在我胸头的罪恶剥夺了我的勇气；我曾经冤诬
一位女郎，这国里的公主，好像这儿的空气也在向
我复仇一般，使我软弱无力，否则我这久列行间的
战士，怎么会失败在这村野伧奴的手里？像我这般
武士的头衔，官家的封典，不过是一些供人讥笑的
虚名。不列颠啊，要是你那些绅士们胜过这一个村
汉，正像他胜过我们的贵族一样，那么你们都是天
神，我们简直不好算是人了。（下）

【战争继续；英军败走；辛白林被捕；裴拉律斯，
基特律斯，及阿维雷格斯上，救辛。

裴　　站住，站住！我们占着优势的地位。巷口已经把守
　　　好了；除了我们自己懦怯的恐惧以外，谁也不能打
　　　败我们。

基、阿　站住，站住，努力作战！

　　　【普修默斯重上，助英军作战，协同裴拉律斯等将
　　　辛白林救出，同下。琉歇斯，埃契摩，及伊慕琴重上。

琉　　去，孩子，赶快离开军队，保全你自己的生命吧；
　　　战争是盲目的，在这样混乱的状态中，自己人也会
　　　彼此相杀。

埃　　这是他们新到的援军。

琉　　今天的战局会有这样变化，真是意想不到。我们倘
　　　不赶快增援，只有走为上着。（同下）

第三场 战场另一部分

【普修默斯及一英国贵族上。

贵族　你是从他们反身抵抗敌军的那一边来的吗？

普　　是的；您是从逃走的那一边来的吧？

贵族　是的。

普　　这也怪不得您，先生；倘不是上天帮助我们打仗，一切全都完了。王上自己失去了两翼的卫护，军队五分四散，只看见不列颠人的背部，大家向一条羊肠小径里奔逃。勇气百倍的敌人忙不及的逢人便杀，只恨少了两只手，杀不完这许多，累得他们气喘吁吁，把舌头都吐了出来；有的给他们当场砍死，有的略受微伤，有的吓得倒在地上爬不起来；弄得这一条狭窄的路上填满了背后受伤的死人和苟延蚁命的丢脸的懦夫。

贵族　这条小路在什么地方？

普　　就在战场的附近，两旁掘着壕沟，筑着泥墙；那时候有一个老军人，我敢担保他是一个忠勇的战士，

就趁势堵住路口；从他斑白的须鬓上，可以看出他
身经百战，现在果然显出他老当益壮的身手，为他
的国家立下这样的功绩；就是他和两个乳臭未干的
少年，瞧他们的样子似乎只好跑跑乡间的平地，全
然不像会干这种杀人的勾当，他们的脸庞是适宜于
戴上面罩的，其实那些为了珍惜自己的美貌或是遮
掩羞惭而蒙面的脸庞，还及不上他们的娇好，就是
他们三个人站在路口，向那些逃走的人高声呼喊，
"我们英国的鹿是因为逃遁而被人杀死的，我们英
国的男子却不是这样。向后退的人，他们的灵魂向
黑暗里投奔。站住！否则我们就是罗马人，你们像
畜生一般奔逃，无非为了避免一死，可是你们不死
在罗马人手里，我们也不会饶过你们；要是你们想
活命，只有咬紧牙齿，转过身去。站住！站住！"
在军心涣散的时候，这三个人振臂一呼，简直抵得
过三千壮士；他们喊着"站住！站住！"靠着地形
的优势，尤其是他们那感发人心的忠勇，可以使一
根纺线竿变成一柄长枪，那些死灰似的脸色立刻容
光焕发起来；一半因为自觉羞愧，一半因为他们的

精神已经重新振作，那些跟在人家后面跑而变成懦夫的人，——对于初上战场的军士，这是一种常有的情形，——立刻转过脸去，像雄狮般向着猎人的枪刺狞笑。于是敌人开始停止他们的追逐，他们向后退却，溃奔败走，立刻造成混乱的局面；本来像猛鹰一般从天上飞下，现在却变成一群奔逃的小鸡，来的时候是跨着大步的胜利者，去的时候却是抱头鼠窜的奴才。现在我们这些懦夫，像一群被狂风怒浪吹打得零落不全的船只，立刻成为生气勃勃的英雄；他们发现敌人的心口可以从它的后门进去，天啊！他们冲杀得多么凶猛！死的死，重伤的重伤，还有的已经被前面的人砍倒，又被后面的人戳了几下；本来是一个人追赶十个，现在这十个人每一个杀死二十个；那些宁愿不抵抗而死的人们，都变成了战场上吃人的大虫。

贵族　真是意想不到的事情，一条狭路，一个老人，两个孩子！

普　不用惊奇；您自己一事不干，听见别人所干的事，就觉得奇怪。您愿意吟两行诗句，聊博一笑吗？我倒有了：

"两个孩子，一个老人，一条狭路，

英国人的救星，罗马人的灾祸。"

贵族　您别生气呀。

普　　唉，何必生气？谁要是见了敌人溜走，我愿意和他
　　　　交个朋友；因为他会向敌人逃避，他也会逃避我的
　　　　友谊。——您使我做起诗句来了。

贵族　再见；您在生气了。（下）

普　　还是想逃走吗？这是一个贵人！啊，高贵的卑怯！
　　　　自己在战场上，却问我有什么消息！今天有多少人
　　　　愿意放弃他们的尊荣，保全他们的皮囊！他们拔脚
　　　　飞奔，结果还是不免一死！我这为悲哀缠绕的人，
　　　　虽然听见死亡的呻吟，却找不到他的踪迹，虽然看
　　　　见死亡的巨掌，却碰不到我的身上；死神，这丑恶
　　　　的妖魔，偏爱躲藏在美酒红被，芳唇蜜语之中，我
　　　　们这些在战场上为他拔刀弄剑的人，不过是他的不
　　　　足齿数的爪牙。好，我一定要找到他。现在我已经
　　　　为英国尽过力，我要重新回复我初来时的面目，不
　　　　再做一个英国人；我也不愿再上战阵，无论那一个

下贱的小卒碰见了我，我就让他把我捉去。罗马军
队在这儿杀死了不少的人，英国人一定要报复这一
次仇恨。只有死才可以赎回我的自由，只有死才是
我唯一的追求；我要为伊慕琴终结我的残生，再不
让它多挨一刻苦痛的时辰。

【二英国将领及军士等上。

将领甲　　赞美伟大的裘必脱！琉歇斯已经被捕了。人家都
　　　　　猜想那老头儿和他的两个儿子是天神下降。

将领乙　　还有一个人，他的装束十分可笑，也跟他们一起
　　　　　把敌人打退。

将领甲　　据说是这样；可是这几个人一个也找不到。站住！
　　　　　那边是谁？

普　　　　一个罗马人，要是有人帮我一臂之力，我也不会一
　　　　　个人掉落在这儿了。

将领乙　　抓住他；一条狗！不要让一个罗马的败卒回去告
　　　　　诉他们什么乌鸦在啄他们的朋友。他还自己夸口，
　　　　　好像他是个什么了不得的人物。带他见王上去。

【辛白林率扈从上；裴拉律斯，基特律斯，阿维雷格斯，毕散尼奥，及罗马俘虏等同上，二将领献上普修默斯，辛白林命狱卒将普收禁；众下。

第四场　英国；牢狱

【普修默斯及二狱卒上。

狱卒甲　现在可不会有人把你偷走，你的身体已经给锁起来啦。要是这儿有草，你尽管吃吧。

狱卒乙　嗯，那可还要看他有没有胃口。（二狱卒下）

普　欢迎，拘囚的生活！因为我想你是到自由去的路。可是我还比一个害痛风病的人好一些，因为他宁愿永远生活在痛苦呻吟之中，不愿让死亡这一个手到病除的良药治愈他的疾病；只有死才是打开这些铁锁的钥匙。我的良心上负着比我的足胫和手腕上更重的镣铐；仁慈的神明啊，赐给我忏悔的利剑，让我劈开这黑暗的牢门，得到永久的自由吧！我已经衷心悔恨，这还不够吗？儿女们是这样使他们尘世的父亲回嗔作喜；天上的神明是更充满了慈悲的。我必须忏悔吗？还有什么比拖镣带铐更好的方式，出于自愿而不是被迫的？为了被除我的罪孽，我愿意呈献我整个的生命。我知道你们比万恶的世人仁慈得多，他们从破产的负债人手里拿去三分之一，六分之一，或是十分之一的财产，让这些债户留着有余不尽的残资，供他们继续的剥削：那却不是我的愿望。把我的生命拿去，抵偿伊慕琴的宝贵的生命吧；虽然它们的价值并不相等，可是那总是一条生命，为你们所亲手铸下的。在人与人之间，他们并不戥量着每一枚货币，即使略有轻重，也瞧着上面的花纹而收受下来；你们应该把我收受，因为我是你们的。伟大的神明啊，要是你们愿意作这一次清算，就请拿去我的生命，勾销这些无情的债务。啊，伊慕琴！我要在沉默中向你抒陈我的心曲。（睡）

【奏哀乐。西昔律斯·利昂那脱斯，即普修默斯之父，阴魂出现，为一战士装束之老翁；一手携一老妇，即其妻，亦即普修默斯之母的鬼魂；二鬼登场时有音乐前导。音乐再奏，利昂那脱斯二子，即普修默斯之兄，亦相继出现，彼等各因战死而身有伤痕。普修默斯睡于狱床之上，众鬼绕其四周。

西　　你驱雷役电的天主，

　　　　不要迁怒凡人；

　　　　你该责怪马斯朱诺

　　　　淫乱你的天庭。

　　　　我那没见面的孩子

　　　　干过什么坏事？

　　　　当他尚在母腹待产，

　　　　我已长辞人世；

　　　　你是孤儿们的慈父，

　　　　理应矜怜孤苦，

　　　　茫茫人世遍地荆棘，

　　　　你该尽力加护。

母　　我临盆时未蒙神佑，

　　　　一阵剧痛丧身，

　　　　普修默斯呱呱堕地，

　　　　可怜举目无亲！

西　　造化铸下他的模型，

　　　　不失列祖英风，

　　　　他值得世人的赞美，

果然头角峥嵘。

长兄　当他长成一表男儿，

他的意气才情

在不列颠全国之中

谁能和他竞争？

除了他有谁能赢取

伊慕琴的芳心？

母　为什么他才缔良姻，

就被君王放逐，

远离了祖宗的田园

和情人的衣角？

西　为什么你让埃契摩，

意大利的伧奴，

用无稽的猜疑嫉妒

把他心胸沾污；

落得那万恶的奸人

一旁讥笑揶揄？

次兄　因此我们离开坟墓，

我们父子四个，

为了捍卫我们祖国，

曾经赴汤蹈火，

牺牲了我们的生命，

保持荣名不堕。

长兄　普修默斯为了王家

也曾卓著勋劳：

裘必脱，你众神之王，

为何久抑贤豪，

不给他应得的褒赏，

让他郁郁无聊？

西　　开开你水晶的窗户，

请你俯瞰尘寰；

莫再用无情的毒害

尽把壮士摧残。

母　　可怜我们无辜佳儿，

赐他幸福平安。

西　　从你琼宫瑶殿之中

伸出你的援手；

否则我们要向众神

控诉你的悖谬。

二兄　不要失却众望，神啊！

　　　伸出你的援手。

【袭必脱在雷电中骑鹰下降，掷出霹雳一响；众鬼跪伏。

袭　　你们这一群下界的幽灵，

　　　不要尽向我们天庭烦絮！

　　　你们怎么胆敢怨怼天尊，

　　　他雷霆的火箭谁能抵御？

　　　去吧，乐园中憧憧的黑影，

　　　在那不谢的花丛里安息；

　　　人世的事不用你们顾问，

　　　一切自有我们神明负责。

　　　那一个人蒙到我的恩眷，

　　　我一定先使他备历辛艰。

　　　你们的爱子他灾星将满，

　　　无限幸运展开在他眼前。

　　　我的星光照耀他的诞生，

他在我神殿上举行婚礼。

他将要做伊慕琴的良人；

不经困苦，怎得这番甜味？

把这简牒安放他的胸头，

他一生的休咎都在其中。

去吧，别再这样喧扰不休，

免得激越我的怒火融融。

鹰儿，驾着我飞返琉璃宫。（上天）

西 他在雷声中下降；他的神圣的呼吸里充满硫磺的气
味；神鹰弯下头来，似乎要怒踢我们的样子。他的
升天却比我们的乐园还要柔和；他的尊贵的鹰儿缮
理那永生的羽翼，用它的脚爪剔拭它的尖啄，正像
他的神明喜悦的时候一般。

众 感谢，裘必脱！

西 那玉石的阶道已经被云儿封住了；他已经走进他光
明的宫殿里。去吧！让我们恭承天惠，恪遵他庄严
的训诲。（众鬼隐灭）

普 （醒）睡眠，你已经做了一次老祖父，替我生下一个
父亲；你又造下了一个母亲和两个兄长。可是啊，

无情的讥刺！他们全都去了，正像来的时候一样飘忽；我也就这样醒来。那些倚靠着贵人恩宠的可怜虫，也像我一样做着梦；一醒以后，万事皆空。可是唉！话又要说回来了。有的人并没有做求名求利的好梦，他们无所事事，却也照样受尽恩荣；我也是这样，不知怎么会莫名其妙地做起这种幸福的美梦来。什么神仙到过这里？一册书吗？啊，珍奇的宝册！愿你不要像我们爱好虚华的世人一般，把一件富丽的外服遮掩内衣的敝陋；愿你的内容也像你的外表一般美好，不像我们那些朝士们只有一副空空的架子。

"雄狮之幼儿于当面不相识，无意寻求间，为一片温柔之空气所拥抱之时；自庄严之古柏上砍下之枝条，久死而复生，重返故株，发荣滋长之时；亦即普修默斯脱离厄难，不列颠国运昌隆，克享太平至治之日。"

仍然是一个梦，否则一定是什么疯子随口吐出，不假思索的狂言；倘不是梦里的鬼话，就是无根的诳语；倘不是毫无意识的乱谈，它的意义也是不可究诘的。可是不管它是什么东西，我的一生的行事却也没头没脑得和它相差不远，只为了同病相怜的缘故，我也要把它保藏起来。

【二狱卒重上。

狱卒甲　来，先生，你有没有准备好去死？

普　早就准备好；假如是一块肉的话，烤也烤焦了。

狱卒甲　一句话，要请你去上吊，先生；要是你已经准备好那个，那么你这块肉已经烹得很好了。

普　哦，要是我能够在观众眼睛里成为一道好菜，那么总算死得并不冤枉。

狱卒甲　这对于你是一回严重的清算，先生；可是这样也好，从此以后，你不用再还人家的债，也不用再怕酒店里向你催讨欠账，人们在追寻欢乐的当儿，往往免不了这一种临别时的悲哀。你进来的时候饿得有气没力，出去的时候喝得醉步郎当；你后悔不该付太大的代价，又恼恨人家给你太重的代价；你的钱囊和脑袋同样空洞，脑袋里因为装满空虚，反而显得沉重，钱囊里没有了货色，又嫌太轻了：这一种矛盾，你现在可以从此免去。啊！一根只值一文钱的绳子，却有救苦救难的无边法力：无论你欠下成千债款，它都可以在一霎眼间替你结束；它才是你真正的债主和债户；过去，现在，未来的一切总账，都可以由它一手清还。你的颈子，先生，是笔，是账簿，也是算盘；不消片刻，你就可以收付两讫了。

普　我死了比你活着还要快乐得多。

狱卒甲　不错，先生，睡熟的人不觉得牙痛；可是一个人要是必须睡你那种觉，还要让一个刽子手照护他上床，我想他一定还是愿意和他的行刑者交换一个位置的；因为你瞧，先生，你自己也不知道你要到什么地方去哩。

普　我知道，朋友。

狱卒甲　那么你死了以后，眼睛还是睁得亮亮的；我可只听见人家说，身子一挺，两眼墨黑。倘不是有什么自命为识路的人带领你，就是你自信不会走错路，可是我断定你对于这条路是完全生疏的；否则也许你想冒一下险，探寻前途的究竟。你的旅行的结果如何，我想你是再也不会回来告诉人家的了。

普　　我告诉你，朋友，除了那些生了眼睛有心闭上的人们以外，走我这一条路是不愁在暗中摸索的。

狱卒甲　可笑一个人长了眼睛，最大的用处却是去赶这条黑暗的路程！我相信绞刑是叫人闭眼的一个方法。

【一使者上。

使者　　打开他的镣铐；把你的囚犯带去见王上。

普　　你带来了好消息；他们要叫我去恢复我的自由了。

狱卒甲　真有那样的事，我就上吊给你看。

普　　那你倒可以比做一个看牢门的自由一些：只有套活人的枷锁，没有关死鬼的牢门。（除狱卒甲外均下）

狱卒甲　除非一个人愿意娶一座绞架做妻子，生一些小绞架下来，我没有见过像他这样一个不怕死的怪东西。可是凭良心说，有些家伙是贪生怕死的，尽管他是个罗马人；他们这批人中间，也有好多是虽然自己不愿意，因为没有法子，只好硬着头皮去死；要是我做了他们，我也一定会这样。我希望我们大家都存一条好心肠；啊！那么什么看牢门人，什么绞架，都可以用不着啦。我说这样的话，固然有妨我自己目前的利益，可是一个人只要存着善心，总不会没有好处的。（下）

第五场　辛白林营帐

【辛白林，裴拉律斯，基特律斯，阿维雷格斯，毕散
尼奥，群臣，将校，及侍从等上。

辛　　站在我的旁边，你们这些天神差下来保全我的王位
　　　的英雄们。可惜我们找不到那个作战得如此奋勇的
　　　穷苦的兵士，他的褴褛的衣衫羞死那些鲜明的盔甲；
　　　他挺着裸露的胸膛，走上拥着坚盾的武士的前面，
　　　去迎受敌人的剑锋。谁要是能够找到他，我一定不
　　　惜重赏。

裴　　我从来没有见过这样卑微的人会表现出这样忠勇的
　　　义愤，这样一个叫化似的家伙，会干出这种惊人的
　　　壮事。

辛　　没有探听到他的消息吗？

毕　　死人活人中间，都已经仔细寻找过，可是一点没有
　　　他的踪迹。

辛　　我很懊恨不能报答他的大功，只好把额外的恩典，

（向裴、基、阿）加在你们身上了；你们是英国的
心肝和头脑，她是靠着你们的力量而生存的。现在
我应该询问你们是什么地方来的，回复我吧。

裴　　陛下，我们是堪勃利亚的人，出身士族；除此以外，
要是再说什么自夸的话，就要失之于虚伪和狂妄，
除非我再加上一句，我们都是忠诚正直的。

辛　　跪下来。起来，我的战场上的武士们；我封你们为
我的御前护卫，还要用适合于你们地位的尊荣厚赏
你们。

【考尼律斯及宫女等上。

辛　　这些人的脸上好像出了什么事情似的。为什么你们
用这样惨淡的神情迎接我们的胜利？你们瞧上去像
是罗马人，不是英国宫庭里的？

考　　万福，伟大的君王！不怕扫了您的兴致，我必须报
告王后已经死了。

辛　　这样的消息是应该出之于一个医生的嘴里吗？可是
我想医药虽然可以延长生命，毕竟医生也是不免一

死。她是怎样死的？

考　她死得情形十分可怕，简直发疯一般，正像她生前的样子；她活着用残酷的手段对待世人，死去的时候，对她自己也是十分残酷。要是陛下不嫌烦渎，我愿意报告她临终时自己供认的那些说话；要是我说错了，她这些侍女们可以纠正我，她们当她弥留的时候，都是满脸淌着眼泪站在一旁的。

辛　你说吧。

考　第一，她供认她从没有爱过您，她爱的是您的富贵尊荣，不是您；她嫁给您的王冠，是您的王座的妻子，可是她厌恶您的本人。

辛　这是只有她一个人知道的；倘不是她临死时所说的话，即使她说了我也不会相信。说下去。

考　您的女儿她在表面上做作得十分疼爱，其实她自己承认，她是她眼睛里的一头蝎子；倘不是逃走得早，公主早已被她用毒药毒死了。

辛　啊！最娇美的恶魔！谁能观察一个女人的心呢？还有别的话吗？

考　有，陛下，还有更骇人的话儿哩。她供认她已经为您预备好一种致命的药石，服了下去，立刻就会侵蚀人的生命，慢慢儿把血液一起吸干，叫人一寸一寸地死去：在那一段时间里，她要日夜陪伴您，伺候您，向您流泪，和您亲吻，做出种种千恩万爱的样子，叫您受她的感动；然后趁着适当的机会，当她已经使您中了她的圈套的时候，她就设法骗诱您答应让她的儿子继承您的王冠。可是因为他的奇怪的失踪，她这一种目的不能达到，所以她就发起疯来，忘记一切的羞耻；当着上天和众人之前，公开吐露了她的心事，懊恨她处心积虑的奸谋不能成为事实，就在这样绝望的心绪中死了。

辛　　宫女们，你们都是随身服侍她的，这些话你们都听见吗？

宫女甲　　回陛下的话，我们都听见的。

辛　　我的眼睛并没有错误，因为她是美貌的；我的耳朵也没有错，因为她的谄媚的话是婉转动听的；我更不责怪我的心，它以为她的灵魂和外表同样可爱，对她怀疑也是一种罪过。可是啊，我的女儿！你也许会说，这是我的痴愚，并且用你的感觉证明你的判断的正确。愿上天弥缝一切！

　　【琉歇斯，埃契摩，预言者，及其他罗马俘虏各由卫

　　士押解上；普修默斯及伊慕琴亦在众俘之后。

辛　　凯易斯，你现在不是来向我们要求纳贡，那是已经

　　　被不列颠人用武力抹消的了，虽然他们因此丧失了

　　　不少的勇士。那些死者的亲属已经提出要求，为了

　　　安慰英灵起见，必须把你们这一批俘虏杀死；这我

　　　已经答应了他们。所以，想一想你们所处的地位吧。

琉　　陛下，胜败本来是兵家常事；你们的得胜不过是一

　　　个偶然的机遇。假如这次是我们得到胜利，当热血

　　　冷静下来以后，我们决不会用刀剑威胁我们的俘虏

　　　的。可是既然这是天神的意旨，我们除了一死以外，

　　　没有其他赎身的方法，那么就让我们死吧；一个罗

　　　马人是能够用一颗罗马人的心忍受一切的，这就够

　　　了；奥古斯脱斯有生之日，将会记着这一件事情；

　　　对于我自己个人，已经言尽于此。只有这一件事，

　　　我要向您请求：我的童儿，一个生长在英国的孩子，

让他赎回他的生命吧。从来不曾有那一个主人得到过这样一个殷勤亲切，忠心勤恳的童儿；他是那样的遇事谨慎，那样的诚实，伶俐，而曲体人情。让他本身的好处，连同着我的请求，邀获陛下的矜怜吧；他不曾伤害过一个英国人，虽然他所伺候的是一个罗马人。赦免他，陛下，让其余的人一起身膏斧钺吧。

辛　　我一定在什么地方见过他；他的脸貌瞧上去怪熟的。孩子，我只瞧了你一眼，你已经得到我的恩宠；你现在是我的人了。我不知道为什么我要说，"活着吧，孩子。"不用感谢你的主人；活着吧。无论你向辛白林要求什么恩典，只要适合于我的慷慨和你的地位的，我都愿意答应你；即使你向我要求一个最尊贵的俘虏，我也决不吝惜。

伊　　敬谢陛下。

琉　　我并不叫你要求我的生命，好孩子；可是我知道你会作这样的要求。

伊　　不，不。唉！我还有别的事情要做哩。我看见一件东西，对于我就像死一般痛苦；您的生命，好主人，只好让它听其自然了。

琉　　这孩子侮蔑我，他离弃了我，还要把我讥笑；那些
　　　信任着少女们和孩子们的忠心的人，他们的快乐是
　　　转瞬就会消失的。为什么他这样呆呆地站着？

辛　　你想要求些什么，孩子？我越是瞧着你，越是爱你；
　　　仔细想一想你应该提出些什么要求吧。你瞧着的那
　　　个人，你认识他吗？说，你要我赦免他吗？他是你
　　　的亲族，还是你的朋友？

伊　　他是一个罗马人。他不是我的亲族，正像我不是陛
　　　下的亲族一般；可是因为我生下来就是陛下的臣仆，
　　　所以比较起来还是陛下跟我的关系亲密一些。

辛　　那么你为什么这样瞧着他？

伊　　陛下要是愿意听我说话，我希望不要让旁人听见。

辛　　哦，很好，我一定留心听着你。你叫什么名字？

伊　　斐苔尔，陛下。

辛　　你是我的好孩子，我的童儿；我要做你的主人。跟
　　　我来；放胆说吧。（辛、伊在一旁谈话）

裴　　这孩子死而复活吗？

阿　　两颗砂粒也不会这般相像。这正就是那个可爱的美

貌少年，死去了的斐苔尔。你以为怎样？

基 正是他死而复活。

裴 轻声！轻声！再瞧下去；他一眼也不望我们；不要
莽撞；人们的脸貌也许彼此相同；果然是他的话，
我想他一定会对我们说话的。

基 可是我们明明见他死了。

裴 不要说话；让我们瞧下去。

毕 （旁白）那是我的女主人。既然她还在人世，不管
事情变好变坏，我都可以放心了。（辛、伊上前）

辛 来，你站在我的旁边，高声提出你的要求。（向埃）
朋友，站出来，老老实实答复这孩子的问话；否则
凭着我的地位和荣誉，我们将要用严刑逼你招供真
情。来，对他说。

伊 我的要求是，请这位绅士告诉我，他这戒指是谁给
他的。

普 （旁白）那跟他有什么关系？

辛 你手指上的那个钻石戒指是怎么得来的？

埃 你还是用严刑逼我不要说出来的好，因为一说出来，
会叫你十分难受的。

辛　　怎么！我？

埃　　我很高兴今天有这样的机会，被迫吐露那因为隐藏
　　　在我的心头，使我痛苦异常的秘密。这戒指是我用
　　　诡计骗来的，它本来是你的逐臣利昂那脱斯的宝物；
　　　也许你会像我一样悔恨，因为在天壤之间，不曾有
　　　过一位比他更高贵的绅士。你愿意听下去吗，陛下？

辛　　我要听一切和这有关的事情。

埃　　那位绝世的佳人，你的女儿，——为了她，我的心
　　　头淋着血，我的奸恶的灵魂一想起就不禁战栗，——
　　　恕我；我要晕倒了。

辛　　我的女儿！她怎么样？提起你的精神来；我宁愿让
　　　你活到老死，也不愿在我没有听完以前让你死去。
　　　挣扎起来，汉子，说。

埃　　那一天，——不幸的钟敲出了那个时辰！——在罗
　　　马，——可咒诅的屋子潜伏着祸根！——一个欢会
　　　的席上，——啊，要是我们那时的食物，或者至少
　　　被我送进嘴里去的，都有毒药投在里面，那才多
　　　好！——善良的普修默斯，——我应当怎么说呢？
　　　像他这样的好人，是不该和恶人同群的；在最难得

的好人中间，他也是最好的一个；——郁郁寡欢地坐着，听我们赞美我们意大利的恋人：她们的美艳使最善于口辩者的夸大的谀辞成为贫乏；她们的丰采使维纳丝的神座黯然失色，苗条的密纳伐相形见愧；她们的性情是一切使男子们倾心的优点的总汇；那钓夫的香饵，勾人心目的娇姿丽色，不过是她们的余事。

辛　我好像站在火上一般。不要尽说废话。

埃　除非你愿意早一点伤心，否则我把事实告诉你以后，你一定会嫌我说得太快的。这位普修默斯，正像一位热恋着一个高贵的女郎的贵人一样，也接着发表他的意见；并不诽毁我们所赞美的女子，在那一点上他保持着谦恭的沉默，他只是开始描写他的情人的容貌；他的整个的心灵都贯注在他的口舌之上，画出了一幅绝妙的肖像，显得刚才被我们夸美的，只是一些灶下的贱婢，否则就是他的动人的叙述，使我们变成了一群钝口拙舌的笨人。

辛　算了，算了，快讲正文吧。

埃　你的女儿的贞操是一切问题的发端。他称道她的贞洁，仿佛黛安娜也曾做过热情的梦，只有她才是冷若冰霜的。该死的我听他这样说，就向他的赞美表示怀疑；那时候他把这戒指带在他的手指上，我就用金钱打赌他的戒指，说要是我能够把她骗诱失身，这戒指就属于我的所有。他，忠心的武士，全然信任她的贞洁，正像我后来所发现的一样，很慷慨地把这戒指作了赌注；即使它是腓勃斯车轮上的一颗红玉，甚或是他的整个车子上最贵重的宝物，他也会毫不吝惜地把它掷下。抱着这样的目的，我立刻就向英国出发。你也许还记得我曾经到过你的宫庭，在那边多蒙你的守身如玉的令嫒指教我多情和淫邪的重大的区别。我的希望虽然毁灭了，可是我的爱慕的私心，却不曾因此而遏抑下去；我开始转动我的意大利的脑筋，在你们呆笨的不列颠国土上实施我的恶毒的阴谋，对于我那却是一个无上的妙计。简单一句话，我的计策大获成功；我带了许多虚伪的证据回去，它们是足够使高贵的利昂那脱斯发疯的；我用这样那样的礼物，破坏他对于她的荣誉的信仰；我用详细的叙述，说明她房间里有些什么张

挂，什么图画；还有她的这一只手镯，——啊，巧

妙的手段！我好容易把它偷到手里！——不但如此，

我还探到了她身体上的一些秘密的特征，使他不能

不相信她的贞操已经被我破坏。因此，——我现在

仿佛看见他，——

普　（上前）嗯，你看得不错，意大利的恶魔！唉！我这

最轻信的愚人，罪该万死的凶手，窃贼，过去现在

未来一切恶徒中的罪魁祸首！啊！给我一条绳，一

把刀，或是一包毒药，让它惩罚我的罪恶。国王啊，

吩咐他们带上一些巧妙的刑具来吧；是我使世上一

切可憎的事情变成平淡无奇，因为我是比它们更可

憎的。我是普修默斯，我杀死你的女儿；——像一

个恶人一般，我又说了谎；我差遣一个助恶的爪牙，

一个亵渎神圣的窃贼，毁坏了她这座美德的殿堂；

是的，我叫他把她杀了。唾我的脸，用石子丢我，

把污泥摔在我身上，嗾全街上的狗向我吠叫吧；让

每一个恶人都用普修默斯·利昂那脱斯做他的名字；

让从今以后，再不会出现这样重大的恶事。啊，伊

慕琴！我的女王，我的生命，我的妻子！啊，伊慕

琴！伊慕琴！伊慕琴！

伊　安静一些，我的主！听我说，听我说！

普　这样的时候，你还要跟我开顽笑吗？你这轻薄的童儿，让我教训教训你。（击伊；伊倒地）

毕　啊，各位，救命！这是我的女主人，也就是您的妻子！啊！普修默斯我的大爷，您并没有杀死她，现在她却真的死在您的手里了。救命！救命！我的尊贵的公主！

辛　世界在旋转吗？

普　我怎么会这样站立不稳起来？

毕　醒来，我的公主！

辛　要是真有这样的事，那么神明的意思，是要叫我在致命的快乐中死去。

毕　我的公主怎样啦？

伊　啊！不要让我看见你的脸！你给我毒药；危险的家伙，走开！不要插足在君王贵人们的中间。

辛　伊慕琴的声音！

毕　公主，愿天雷打死我，要是我知道我给您的那个匣子里盛着的并不是灵效的妙药；那是王后给我的。

辛　又有新的事情了吗？

伊　它使我中了毒。

考　神啊！我忘了王后亲口供认的还有一句话，那却可
以证明她的诚实；她说，"我把配下的那服药剂给
了毕散尼奥，骗他说是提神妙药，要是他已经把它
转送给他的女主人，那么她多分已经像一头耗子般
的被我药死了。"

辛　这是什么药，考尼律斯？

考　陛下，王后屡次要求我替她调制毒药，她的借口总
是说不过拿去毒杀一些猫狗之类下贱的畜生，从这
种实验上得到知识上的满足。我因恐她另有其他危
险的用意，所以就替她调下一种药剂，服下以后，
可以暂时中止生活的机能，可是在短时间内，全身
器官就会恢复它们的活动。您有没有服过它？

伊　大概我是服过的，因为我曾经死了过去。

裴　我的孩子们，我们原来弄错了。

基　这果然是斐苔尔。

伊　为什么您要推开您的已婚的妻子？想象您现在是在
一座悬崖之上，再把我推开去吧。（抱普）

普　像果子一般挂在这儿，我的灵魂，直到这一棵树木
死去！

辛　怎么，我的骨肉，我的孩子！吓，你要我在这一幕
戏剧里串演一个呆汉吗？你不愿意对我说话吗？

伊　（跪）您的祝福，父亲。

裴　（向基、阿）虽然你们曾经爱过这个少年，我也不怪
你们；你们爱他是有缘故的。

辛　愿我流下的眼泪成为你灌顶的圣水！伊慕琴，你母
亲死了。

伊　我很悲伤，父王。

辛　啊，她算不得什么；都是因为她，我们才会有今天
这一番奇怪的遇合。可是她的儿子不见了，我们既
不知道他怎么出走，又不知道他到什么地方。

毕　陛下，现在我的恐惧已经消失，我可以说老实话了。
公主出走以后，克洛登殿下就来找到我；他拔剑在
手，嘴边冒着白沫，发誓说要是我不把她的去向说
出来，就要把我当场杀死。那时我衣袋里刚巧有一
封我的主人所写的假信，约公主到密尔福特附近的
山间相会。他看了以后，强迫我把我主人的衣服拿

来给他穿了，抱着淫邪的念头，发誓说要去破坏公主的贞操，就这样怒气冲冲地向那边动身出发。究竟后来他下落如何，我也不知道了。

基　　让我结束这一段故事：是我把他杀了。

辛　　嗳哟，天神们不允许这样的事！你为国家立下大功，我不希望你从我的嘴里得到一句无情的判决。勇敢的少年，否认你刚才所说的话吧。

基　　我说也说了，做也做了。

辛　　他是一个王子哩。

基　　一个粗野无礼的王子。他对我所加的侮辱，完全有失一个王子的身分；他用那样不堪入耳的言语激恼我，即使海潮向我这样咆哮，我也要把它踢回去的。我砍下他的头；我很高兴今天他不在这儿抢夺我说话的机会。

辛　　我很为你抱憾；你已经亲口承认你的罪名，必须受我们法律的制裁。你必须死。

伊　　我以为那个没有头的人是我的丈夫。

辛　　把这罪犯缚起来，带他下去。

裴　　且慢，陛下，这个人的身分是比被他杀死的那个人更高贵的，他有和你同样尊严的血统；几十个克洛登身上的伤痕，也比不上他为你立下的功绩。（向卫士）放开他的手臂，它们不是生下来受束缚的。

阿　他说得太过分了。

辛　你胆敢当着我的面前这样咆哮无礼，你也必须死。

裴　我们三个人愿意一同受死；可是我要证明我们中间有两个人是像我刚才所说那样高贵的。我的孩儿们，我必须说出一段对于我自己很危险的话儿，虽然也许对于你们会大有好处。

阿　您的危险就是我们的危险。

基　我们的好处也就是您的好处。

裴　那么恕我，我就老实说了。伟大的国王，你曾经有过一个名叫裴拉律斯的臣子。

辛　为什么提起他？他是一个亡命的叛徒。

裴　他就是现在站在你面前的这一个老头儿；诚然他是一个亡命的流人，我却不知道他怎么会是一个叛徒。

辛　把他带下去；整个的世界不能使他免于一死。

裴　不要太性急了；你应该先偿还我你的儿子们的教养费，等我受到以后，你再没收不迟。

辛　　我的儿子们的教养费！

裴　　我的话说得太莽撞无礼了。我现在双膝跪下；在我
　　　起立以前，我要把我的儿子们从微贱之中拔擢起来，
　　　然后让我这老父亲引颈就戮吧。尊严的陛下，这两
　　　位称我为父亲的高贵的少年，他们自以为是我的儿
　　　子，其实并不是我的；陛下，他们是您自己的亲生
　　　血肉。

辛　　怎么！我自己的亲生血肉！

裴　　正像您是您父王的儿子一般不容疑惑。我，年老的摩
　　　根，就是从前被您放逐的裴拉律斯。我的过失，我
　　　的放逐，我的一切叛逆的行为，都出于您一时的喜
　　　怒；我所干的唯一的坏事，就是我所忍受的种种困
　　　苦。这两位善良的王子——他们的确是金枝玉叶的
　　　王室后裔——是我在这二十年中教养长大的；我把
　　　自己所有的毕生学问和本领全都传授了他们。他们
　　　的乳母尤莉斐儿当我被放逐的时候，把这两个孩子
　　　偷了出来，我也因此而和她结为夫妇；是我唆使她
　　　干下这件盗案，因为痛心于尽忠而获谴，才激成我
　　　这种叛逆的行为。越是想到他们的失踪对于您将是

一件怎样痛心的损失，越是诱发我偷盗他们的动机。可是，仁慈的陛下，现在您的儿子们又回来了；我必须失去世界上两个最可爱的伴侣。愿覆盖大地的穹苍的祝福像甘露一般洒在他们头上！因为他们是可以和众星并列而无愧的。

辛　你一边说话，一边在流泪。你们三个人所立下的功劳，比起你所讲的这一段故事来更难令人置信。我已经失去我的孩子；要是这两个果然就是他们，我不知道怎样可以希望再有一双比他们更好的儿子。

裴　请高兴起来吧。这一个少年，我称他为坡力陀儿的，就是您的最尊贵的王子基特律斯；这一个我的凯特华尔，就是您的小王子阿维雷格斯，那时候，陛下，他是裹在一件他的母后亲手缝制的非常精致的斗蓬里的，要是需要证据的话，我可以把它拿来恭呈御览。

辛　基特律斯的头上有一颗星形的红痣；它是一个不平凡的记号。

裴　这正是他，他的头上依然保留着那天然的标识。聪明的造物者赋与他这一个特色，那用意就是要使它成为眼前的证据。

辛　啊！我是一个一胎生下三个儿女来的母亲吗？从来不曾有那一个母亲在生产的时候感到这样的欢喜。愿你们有福！像脱离了轨道的星球一般，你们现在已经复归本位了。啊，伊慕琴！你却因此而失去一个王国。

伊　不，父王；我已经因此而得到两个世界。啊，我的好哥哥们！我们会这样相遇吗？啊，从此以后，你们必须承认我的话是说得最不错的：你们叫我兄弟，其实我却是你们的妹妹；我叫你们哥哥，果然你们是我的哥哥。

辛　你们曾经遇见过吗？

阿　是，陛下。

基　我们一见面就彼此相爱，从无间歇，直到我们误认她已经死了。

考　因为她吞下了王后的药。

辛　啊，神奇的天性！什么时候我可以把这一切听完呢？你们现在所讲的这些粗条大干，应该还有许多详细的枝节，充满着可惊可愕的材料。在什么地方？你们是怎么生活的？什么时候你服侍起我们这位罗马的俘虏来？怎么和你的哥哥们分别的？怎么和他们初次相遇？你为什么从宫庭里逃走，逃到什么地方去？这一切，还有你们三人投身作战的动机，以及我自己也想不起来的许许多多的问题，和一次次偶然的机遇中的一切附带的事件，我都要问你们一个明白，可是时间和地点都不允许我们作这样冗长的询问。瞧，普修默斯一眼不霎地望着伊慕琴；她的眼光却像温情的闪电一般，一会儿向着他，一会儿向着她的哥哥们，一会儿向着我，一会儿向着她的主人，到处投掷她的快乐；每一个人都彼此交换着惊喜。让我们离开这地方，到神殿里去献祭吧。（向裴）你是我的兄弟；我们从此是一家人了。

伊　您也是我的父亲；幸亏您的救援，我才能够看见这幸福的一天。

辛　除了那些阶下的囚人以外，谁都是欢天喜地的；让他们也快乐快乐吧，因为他们必须分沾我们的喜悦。

伊　我的好主人，我还可以为您效力哩。

琉　愿您幸福！

辛　那个奋勇作战的孤独的兵士要是也在这里，一定可以使我们格外生色；他是值得一个君王的感谢的。

普　　陛下，我就是和这三位在一起的那个衣服褴褛的兵士；为了达到我当时所抱的一种目的，所以我穿着那样的装束。说吧，埃契摩，你可以证明我就是他；我曾经把你打倒在地上，差一点儿结果了你的性命。

埃　　（跪）我现在又被您打倒了；可是那时候是您的武力把我克服，现在是我自己负疚的良心使我屈膝。请您取去我这一条欠您已久的生命，可是先把您的戒指拿去，还有这一只手镯，它是属于一位最忠心的公主所有的。

普　　不要向我下跪。我在你身上所有的权力，就是赦免你；宽恕你是我对你唯一的报复。活着吧，愿你再不要用同样的手段对待别人。

辛　　光明正大的判决！我要从我的子婿学习我的慷慨；让所有的囚犯一起得到赦免。

阿　　妹夫，您帮助我们出力，好像真的要做我们的兄弟一般；我们很高兴，您果然是我们的自家人。

普　　我是你们的仆人，两位王子。我的罗马的主帅，请叫您那位预言者出来。当我睡着的时候，仿佛看见

裘必脱大神骑鹰下降，还有我自己亲族的阴魂，都
在我梦中出现；醒来以后，发现我的胸前有这么一
本册页，上面写着的字句，奥秘难明，不知道是什
么意思；让他来显一显他的本领，把它解释解释吧。

琉　　　费拉蒙纳斯！

预言者　　有，大帅。

琉　　　念着这些字句，说明它的意义。

预言者　　"雄狮之幼儿于当面不相识，无意寻求间，为一片
温柔之空气所拥抱之时；自庄严之古柏上砍下之枝
条，久死而复生，重返故株，发荣滋长之时；亦即
普修默斯脱离厄难，不列颠国运昌隆，克享太平至
治之日。"你，利昂那脱斯，就是雄狮的幼儿；因
为你是名将的少子。（向辛）一片温柔的空气就是
你的贤德的女儿，这位最忠贞的妻子，因为她是像
微风一般温和而柔静的；她已经应着神明的诏示，
（向普）在你当面不相识，无意寻求的时候，把你
拥抱在她的温情柔意之中了。

辛　　　这倒有几分相像。

预言者　　庄严的古柏代表着你，尊贵的辛白林，你的砍下

的枝条指着你的两个儿子；他们被裴拉律斯偷走，许多年来，谁都以为他们早已死去，现在却又复活过来，和庄严的柏树重新接合，他们的后裔将要使不列颠享着和平与繁荣。

辛　　好，我现在就要开始我的和平。凯易斯·琉歇斯，我们虽然是胜利者，却愿意向该撒和罗马帝国屈服；我们答应继续献纳我们的礼金，它的中止都是出于我们奸恶的王后的主意，上天憎恨她的罪恶，已经把最重的惩罚降在她们母子二人的身上了。

预言者　　神明的意旨在冥冥中主持着这一次和平。当这次战血未干的兵祸尚未开始以前我向疏歇斯预示的梦兆，现在已经完全证实了；罗马的神鹰振翼高翔，从南方飞向西方，盘旋下降，消失在阳光之中；这预兆着我们尊贵的神鹰，威严的该撒，将要和照耀西方的辉煌的辛白林言归于好。

辛　　让我们赞美神明；让献祭的香烟从我们神圣的祭坛上袅袅上升，使神明歆享我们的至诚。让我们向全国臣民宣布和平的消息。让我们列队前进，罗马和英国的国旗交叉招展，表示两国的友好。让我们这样游行全市，在伟大的裘必脱的神殿里签订我们的和约，用欢宴庆祝它的成立。向那边出发。难得这一次战争结束得这样美满，血污的手还没有洗清，早已奠定了荣誉的和平。（同下）

附

录

关于"原译本"的说明

文/朱尚刚

朱生豪从 1935 年做准备工作开始，历时近十年，完成了 31 部莎剧的翻译工作，虽然最终未能译完全部莎翁剧作，但已经为将这位世界文坛巨匠介绍给中国人民做出了卓越的贡献。朱生豪译莎以"保持原作之神韵"为首要宗旨，他的译作也的确实现了这个宗旨，至今仍受到读者的欢迎和学界的高度评价。

朱生豪的译莎工作是在贫病交加、极端困难的情况下进行的。日本侵略者的炮火两度摧毁了他已经完成的几乎全部译稿和辛苦搜集起来的各种莎剧版本、注释本和大量参考资料，在最后为译莎而以命相搏的时候，手头"仅有的工具书，只是两本词典——牛津词典和英汉四用辞典。既无其他可以参考的书籍，更没有可以探讨质疑的师友"。而且他当时毕竟还是一个阅历不深的年轻人，虽然有着出众的才华，然而翻译作品中存在各种各样的缺陷和疏漏是完全可以想象的。

朱生豪的遗译最早于 1947 年由世界书局出版（收入除历史剧外的剧本 27 种），以后于 1954 年由作家出版社出版了包括全部朱生豪译作的《莎士比亚戏剧集》。上世纪60年代初期，人民文学出版社组织了一批国内一流的专家对朱译莎剧进行校订和补译，原打算在1964年纪念莎翁400周年诞辰时出版完整的《莎士比亚全集》，后因各种原因一直到1978年才得以问世。

《莎士比亚全集》的出版，是我国一代莎学大师通力合作取得的划时代的成就。经校订的朱译莎剧，在很大程度上纠正了原译本因各种主客观原因而产生的缺陷和疏漏，并体现了当时在英语语言和莎学研究上的新成果，是对朱生豪译莎事业的进一步提升和完善。我对这一代莎学前辈们的努力表示真挚的感谢和崇高的敬意！

上世纪九十年代后期，为反映新时代语言的发展和新的学术成果，译林出版社再次组织专家进行了对朱译莎剧的校订，并出版了新的校订本。

校订过程中除了对一些理解或表达方面的缺疵进行修改外，反映较多的是原译本中"漏译"的内容。实际上我相信朱生豪真正因为"疏忽"而漏译的情况即使不是绝对没有，也应该是极少的。我估计，有些地方可能是因为当时的客观条件实在太差，有些地方实在难以理解又没有任何资料可以查考，因此在不影响剧本相对顺畅性的前提下只能跳过去了。

而更多的情况下是有些内容和说法似乎有点"不雅",朱生豪出于中国传统的思维习惯,就把这些"不雅"的东西删去了。这种做法是否合适是有待商榷的,但也在一定程度上反映了那个特定的时代,特定的阶层,特定的译者的思维方式和特征。

莎士比亚的话题是说不尽的,同样,对莎士比亚的翻译和研究也是说不尽的。经校订的朱译莎剧无疑是对原译稿的改善,但从某种意义上来说,校订者和原译者的思维定式和语言习惯难免有所不同,因此也有读者感到经校订后的译文在语言风格的一致性等方面受到了影响,还有学者对某些修改之处也提出存疑。这些也是很正常的现象,再好的校订本也需要在实践和历史中经受检验,进一步地"校订"和完善。

也是出于这样的考虑,社会上对未经"校订"的朱生豪原译本也产生了相当的兴趣,希望能看到完全体现朱生豪翻译风格,能反映那个时代的语言习惯和学术水平的原译本,看到一个本色的朱生豪译本(包括他的错漏之处)。这在我们这个多元化的社会中应该是一个合理的希求。这次中国青年出版社出版这套原译本系列,正是顺应了这样一种需求,并借此来表达对我的父亲——朱生豪诞辰100周年的纪念之情。我对此表示真挚的谢意!

译者自序

（原文收录于1947年版《莎士比亚戏剧全集》）

于世界文学史中，足以笼罩一世，凌越千古，卓然为词坛之宗匠，诗人之冠冕者，其唯希腊之荷马，意大利之但丁，英之莎士比亚，德之歌德乎？此四子者，各于其不同之时代及环境中，发为不朽之歌声。然荷马史诗中之英雄，既与吾人之现实生活相去过远；但丁之天堂地狱，复与近代思想诸多抵牾；歌德去吾人较近，彼实为近代精神之卓越的代表。然以超脱时空限制一点而论，则莎士比亚之成就，实远在三子之上。盖莎翁笔下之人物，虽多为古代之贵族阶级，然彼所发掘者，实为古今中外贵贱贫富人人所同具之人性。故虽经三百余年以后，不仅其书为全世界文学之士所耽读，其剧本且在各国舞台与银幕上历久搬演而弗衰，盖由其作品中具有永久性与普遍性，故能深入人心如此耳。

中国读者耳莎翁大名已久，文坛知名之士，亦尝将其作品，译出多种，然历观坊间各译本，失之于粗疏草率者尚少，失之于拘泥生硬者实繁有徒。拘泥字句之结果，不仅原作神味，荡焉无存，甚且艰深晦涩，有若天书，令人不能卒读，此则译者之过，莎翁不能任其咎者也。

余笃嗜莎剧，尝首尾研诵全集至十余遍，于原作精神，自觉颇有会心。廿四年春，得前辈同事詹文浒先生之鼓励，始着手为翻绎全集之尝试。越年战事发生，历年来辛苦搜集之各种莎集版本，及诸家注释考证批评之书，不下一二百册，悉数毁于炮火，仓卒中惟携出牛津版全集一册，及译稿数本而已。厥后转辗流徙，为生活而奔波，更无暇晷，以续未竟之志。及三十一年春，目观世变日亟，闭户家居，摈绝外务，始得专心壹志，致力译事。虽贫穷疾病，交相煎迫，而埋头伏案，握管不辍。凡前后历十年而全稿完成，（案译者撰此文时，原拟在半年后可以译竟。讵意体力不支，厥功未就，而因病重辍笔）夫以译莎工作之艰巨，十年之功，不可云久，然毕生精力，殆已尽注于兹矣。

余译此书之宗旨，第一在求于最大可能之范围内，保持原作之神韵；必不得已而求其次，亦必以明白晓畅之字句，忠实传达原文之意趣；而于逐字逐句对照式之硬译，则未敢赞同。凡遇原文中与中国语法不合之处，往往再四咀嚼，不惜全部更易原文之结构，务使作者之命意豁然呈露，不为晦涩之字句所掩蔽。每译一段竟，必先自拟为读者，察阅译文中有无暧昧不明之处。又必自拟为舞台上之演员，审辨语调之是否顺口，音节之是否调和。一字一句之未惬，往往苦思累日。然才力所限，未能尽符理想；乡居僻陋，既无参考之书籍，又鲜质疑之师友。谬误之处，自知不免。所望海内学人，惠予纠正，幸甚幸甚！

原文全集在编次方面，不甚惬当，兹特依据各剧性质，分为"喜剧"、"悲剧"、"杂剧"、"史剧"四辑，每辑各自成一系统。读者循是以求，不难获见莎翁作品之全貌。昔卡莱尔尝云，"吾人宁失百印度，不愿失一莎士比亚。"夫莎士比亚为世界的诗人，固非一国所可独占；倘因此集之出版，使此大诗人之作品，得以普及中国读者之间，则译者之劳力，庶几不为虚掷矣。知我罪我，惟在读者。

生豪书于三十三年四月。

图书在版编目（CIP）数据

还璧记 / （英）莎士比亚（Shakespeare,W.）著；
朱生豪译. —北京：中国青年出版社，2013.4
（新青年文库·莎士比亚戏剧朱生豪原译本全集）
ISBN 978-7-5153-1489-1

I. ①还… II. ①莎… ②朱… III. ①喜剧 – 剧本 – 英国 – 中世纪
IV. ① I561.33

中国版本图书馆 CIP 数据核字 (2013) 第 044868 号

书　　名：还璧记
著　　者：【英】莎士比亚
译　　者：朱生豪
审　　订：朱尚刚
责任编辑：庄庸　王昕
特约策划：张瑞霞
特约编辑：于晓娟
出版发行：中国青年出版社
社　　址：北京东四十二条 21 号
邮政编码：100708
网　　址：www.cyp.com.cn
门 市 部：(010) 57350370
印　　刷：三河市君旺印刷厂
经　　销：新华书店

开　　本：700×1000 1/32
印　　张：6.75
字　　数：150 千字
版　　次：2013 年 6 月北京第 1 版印刷
印　　次：2013 年 6 月河北第 1 次印刷
印　　数：0,001–4,000 册
定　　价：19.80 元

本图书如有印装质量问题，请凭购书发票与质检部联系调换
联系电话：(010) 57350337